De la 5e à la 4e

12-13 ans

Dans le château de Krennamzer

Sophie Adriansen
autrice

Illustré par
Alban Marilleau

MIXTE
Papier issu de sources responsables
FSC www.fsc.org FSC® C022030

Nathan est un éditeur qui s'engage pour la préservation de son environnement et qui utilise du papier fabriqué à partir de bois provenant de forêts gérées de manière responsable et contrôlée.

Nathan

Présentation

→ **Je lis un récit d'aventures entrecoupé d'exercices de :**
- français,
- maths,
- géographie,
- sciences,
- anglais.

→ **Je résous des exercices**
qui permettent de reconstituer l'histoire.

→ **Je vérifie ma réponse :**
- elle est juste → j'accède à la suite de l'histoire ;
- elle est fausse → le corrigé me guide pour refaire l'exercice.

→ **Je consulte le mémo en fin d'ouvrage :**
il m'explique la notion abordée dans l'exercice.

→ **Je regarde la table des matières (p. 94-95)**
pour connaitre tous les points du programme abordés dans les exercices.

→ **Je note les indices sur la page 93 :**
un par chapitre, ils prouvent que l'escape game avance et que l'histoire est bien comprise.

Maquette intérieure : Julie Lannes – Kati Fleury
Composition : Grafatom
 - ISBN : 978-2-09-193370-2

Un château du Moyen âge

Un château presque réel

Le château de Krennamzer n'existe pas... Voilà pourquoi il a été baptisé ainsi : en breton, « krennamzer » signifie Moyen Âge. Toutefois, ce château ressemble par bien des aspects à celui de Suscinio, situé sur la commune de Sarzeau, dans le Morbihan, où a lieu un spectacle de son et lumière les soirs d'été, et qui serait hanté par le fantôme du fils du capitaine de la garde...

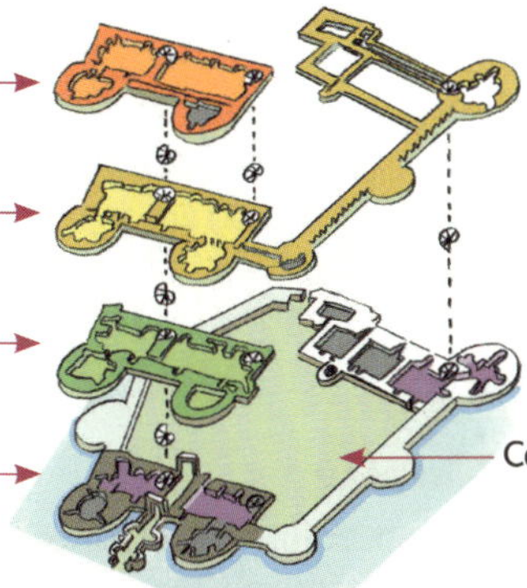

Une résidence des ducs de Bretagne

Construit à la fin du Moyen Âge, le château de Suscinio a servi de résidence aux ducs de Bretagne pendant plusieurs siècles. Ils logeaient dans le logis est et accueillaient leurs invités dans le logis ouest. Les ducs de Bretagne étaient répartis en plusieurs maisons (lignées).
Malgré la présence d'un capitaine de la garde, le château de Suscinio était un symbole de pouvoir plus qu'une place forte stratégique. Le château n'a jamais connu de combat. Avant de devenir un manoir ducal, c'était un prieuré.

L'architecture médiévale classique

Le château de Suscinio compte trois étages, fruits d'une longue et minutieuse restauration. Entouré de douves, le château comporte des tours, reliées entre elles par des courtines, un chemin de ronde, des créneaux, des meurtrières, des mâchicoulis, un pont-levis et une casemate (lieu de retranchement pour se protéger des tirs ennemis). Dans le parc du domaine se trouve un pigeonnier.

Une cour itinérante... et gourmande

La cour se déplaçait beaucoup. On utilisait de grands coffres en bois ouvragé pour transporter les effets des ducs et duchesses. Au château, le duc prenait ses repas dans la grande salle, dos à la massive cheminée. Un de ses écuyers était chargé d'organiser les festins. Les aliments étaient conservés au frais dans le cellier ou à température ambiante dans le réchauffoir/passe-plat, où les plats préparés étaient servis. Certains des objets utilisés par la cour pour les repas et la cuisine ont été retrouvés et sont exposés : cruche à trois anses, pichet à quatre anses, tasses, verres, jattes, coquemars (pots servant à faire bouillir l'eau), mortiers...

Un peu d'hygiène

Le château de Suscinio était équipé de latrines, nom donné aux toilettes de l'époque. À l'étage du duc se trouvait une pièce baptisée étuve, dans laquelle on faisait chauffer de l'eau afin de produire de la vapeur : après avoir sué dans la petite salle, le duc allait prendre un bain froid dans sa garde-robe, qui était avant tout une pièce d'hygiène. Pendant ce temps, dans l'étuve, l'eau s'évaporait grâce à l'hypocauste – du grec *hupokaustos* : chauffé (*kaustos*) en dessous (*hupo*) – un système de chauffage par le sol déjà utilisé à l'époque romaine, notamment dans les thermes.

De l'art, partout

Pour réchauffer des pièces souvent sujettes aux courants d'air, des tapisseries, symboles de richesse et de pouvoir, étaient fixées aux murs. Le château de Suscinio présente également une splendeur de l'art décoratif dans l'architecture médiévale : les pavements mis à jour lors des fouilles conduites à l'extérieur de l'enceinte du château, en bordure des douves, et qui constituaient le sol richement décoré de la chapelle, datée du XIIIe siècle.

Enfermés chez la duchesse

1

C'est ce soir ! Le spectacle que Daphné et Noah attendent depuis une semaine aura lieu à la nuit tombée dans le parc : un son et lumière racontant l'histoire de la Bretagne, projeté directement sur la façade du château de Krennamzer. Et les spectateurs pourront visiter le château juste avant, à l'heure où les ombres s'étirent... De quoi se faire peur juste ce qu'il faut avant de rentrer à pied jusqu'au camping !

Daphné et Noah se sont rencontrés au début de l'été. Dès la fin du collège, les parents de Daphné ont mis les tentes dans la remorque et accroché celle-ci à la voiture familiale, tandis que les grands-parents de Noah attachaient la caravane à leur camionnette et passaient chercher leurs petits-enfants. Pour les deux équipages, direction le Morbihan, au sud de la Bretagne.

Le hasard les a fait s'installer côte à côte : emplacement 17 pour les parents de Daphné, emplacement 18 pour les grands-parents de Noah. Il a fallu une journée aux adolescents pour découvrir qu'ils iraient l'un et l'autre en quatrième à la rentrée, et deux pour devenir amis. C'est ensemble qu'ils ont réclamé cette sortie, manière originale de découvrir ce château qu'ils aperçoivent parfois entre les grands arbres depuis la route qui mène à la plage.

À 19 h 30, tout le monde est fin prêt. Le château est ouvert à la visite à partir de 20 heures. Pour l'horaire du spectacle, une seule indication : la représentation commencera quarante-cinq minutes après le coucher du soleil. Qui a lieu particulièrement tard dans ce coin situé à l'ouest de la France, notamment en cette saison.

Chacun s'est muni de vêtements chauds à enfiler par-dessus les tenues légères lorsque la chaleur ira elle aussi se coucher. Les parents de Daphné ont également glissé toute une collection de patchs antimoustiques dans un de leurs sacs à dos. Quant aux grands-parents de Noah, ils ont prévu des sièges pliables ainsi que deux couvertures : ils ne tiennent pas à s'asseoir directement dans l'herbe de la prairie.

Noah et Daphné marchent en tête. Ils n'ont jamais avalé leurs pâtes aussi vite que ce soir. Soudain, au détour d'un bosquet, le château apparait. Il se dresse, majestueux, et hisse fièrement ses « huit siècles d'histoires », ainsi qu'annonçait l'affiche qui a séduit les ados, punaisée sur le panneau d'informations du camping.

Les adultes achètent les billets dans la salle des gardes et le groupe pénètre dans ce logis construit à la fin du Moyen Âge et qui a abrité les ducs de Bretagne.

Krennamzer compte trois étages imposants, fruits d'une longue et minutieuse restauration. De bas en haut, les deux familles les découvrent les uns après les autres. Enzo, le petit frère de Daphné, et Soline, la petite sœur de Noah, font les fous dans la grande salle haute, au troisième étage, tandis qu'à l'extérieur le soleil commence à décliner.

Mais alors que Daphné et Noah s'attardent dans la garde-robe de la duchesse, la salle la plus reculée du troisième étage, un courant d'air s'engouffre. Une porte claque. Les deux amis sursautent. Ils quittent la pièce : plus personne dans la chambre voisine.

Ni dans la salle haute ! Les autres visiteurs sont redescendus, et ils sont seuls à l'étage…

Pourquoi Daphné et Noah se retrouvent-ils seuls ?

Pour le savoir, trouve à quelle heure va commencer le spectacle de son et lumière grâce aux relevés des heures de coucher du soleil au château de Krennamzer au cours des cinq derniers étés.

1. Observe le tableau de relevés ci-dessous et calcule la fréquence du coucher de soleil à 22 h.

2. Exprime-la en fraction puis en nombre décimal.

Heure	22h08	22h07	22h06	22h04	22h03	22h01	22h	21h59	21h57
Nombre de relevés	5	3	1	4	2	3	4	2	6

Fréquence du coucher de soleil à 22 h = …… = …… , ……

Si tu as trouvé $\frac{4}{25}$ = 0,16, c'est qu'ils sont en retard → Va au n° 13.

Si tu as trouvé $\frac{4}{22}$ = 0,1818, c'est qu'ils se sont endormis → Va au n° 12.

Si tu as trouvé $\frac{4}{30}$ = 0,13333, c'est que Noah et Daphné sont enfermés → Va au n° 11.

mémo 5

2

Ce n'est pas la bonne réponse. Vérifie bien la classe grammaticale de chaque mot avant de faire le calcul…

→ Recommence l'exercice du n° 11.

3

Non, ton calcul est à revoir. Les adverbes sont toujours invariables... → Retourne à l'exercice du n° 11.

4

Noah hausse les sourcils avant de déclarer :

– Moi, je pense que les pièces n'existent plus. Sinon, elles seraient insérées là, ou alors exposées ici, ajoute-t-il en désignant les vitrines qui, au centre de la chambre de retrait, présentent des objets de l'époque médiévale retrouvés lors des fouilles qui ont précédé les travaux de restauration.

Daphné doit bien reconnaitre que Noah fait preuve de bon sens. Mais si la porte est fermée de l'extérieur et que le seul espoir en vue – disposer d'un moyen de l'ouvrir depuis l'intérieur – s'envole déjà, à quoi peut-elle se raccrocher ? Elle se frappe tout à coup le front :

– On est trop bêtes ! On a emporté nos portables !

Le visage de Noah s'éclaire :

– Mais oui… On est sauvés !

Et le garçon sort son téléphone de la poche plaquée sur le côté de la jambe de son short.

– J'ai bien fait de le charger à fond avant de partir, sourit-il.

Mais le sourire sur son visage disparait aussi rapidement qu'il est venu :

– Pas de réseau, constate-t-il. C'est bien la peine d'avoir une batterie à 100 %.

Daphné a tiré son propre téléphone de la poche arrière de son short en jean presque en même temps.

– Pareil pour moi, observe-t-elle. Batterie au taquet, réseau fantôme. Les murs doivent être trop épais pour que les ondes passent.

Elle s'approche de la fenêtre près de laquelle Noah se tenait un peu plus tôt. Après quelques instants et quelques mouvements, façon sourcier avec sa baguette en noisetier, elle conclut :

– Rien du tout.

C'est alors que son regard tombe sur une sorte d'encoche dans le mur, sur le côté de la haute fenêtre. Cela ressemble à la fente dans laquelle on insère les pièces dans les distributeurs de boissons et de friandises. À mieux y regarder, il y en a de semblables tout autour de la fenêtre. On les devine plus ou moins en cette heure tardive, avec la lumière qui baisse.

Noah, lui, est posté près de la deuxième fenêtre qui perce le mur de ce côté. Prêt à tout, il tente d'en ouvrir les battants. Tant pis pour la hauteur, il y aura peut-être moyen de faire signe, d'appeler ou d'envoyer un message lumineux avec la minitorche intégrée à son téléphone… Hélas, la fenêtre est sécurisée : impossible de l'ouvrir. Elle n'a même pas de poignée.

– Là !!

Daphné a poussé un cri qui a fait sursauter Noah. Il se retourne :

– Là quoi ?

– Dans cette fente, regarde !

Et de ses doigts fins, la jeune fille extrait une pièce métallique de l'une des encoches. En une seconde, Noah est près d'elle :

– C'est marrant, j'ai l'impression d'avoir déjà vu cette forme quelque part…

– Mais oui ! s'exclame Daphné. Sur la porte ! C'est l'une des pièces du mécanisme ! Elles existent donc toujours…

Une première pièce...
Les amis trouveront-ils les deux autres ?

Cette découverte leur a donné de l'espoir ! Pour savoir où Daphné et Noah vont chercher les autres pièces, résous ce problème :

1. Calcule l'aire de chacune de ces pièces rondes ($\pi = 3{,}14$).

2. Classe les aires obtenues par ordre décroissant.

3. Décode le mot que tu as trouvé en utilisant le code suivant : A = C.

$r = 1{,}8$ $\quad r = \dfrac{10}{3}$ $\quad d = \dfrac{28}{14}$ $\quad d = 4$ $\quad r = \dfrac{9}{3}$

....

....

Si tu as trouvé HAUTE → Va au n° 8.

Si tu as trouvé GARDE → Va au n° 14.

mémo 7

5

Tu t'es trompé(e). Relis attentivement la description de la maison. → Refais l'exercice du n° 8.

6

Tu as fait une ou plusieurs erreurs, n'hésite pas à consulter le mémo. → Refais l'exercice du n° 15.

7

Faux. Reprends un à un les personnages et vérifie leur place dans l'arbre généalogique...

→ Retourne à l'exercice du n° 8.

8

Pendant ce temps, à l'extérieur du château, l'impatience grandit. Les spectateurs sont maintenant tous installés face au mur d'enceinte du château de Krennamzer. Une musique d'ambiance, aux accords à la fois médiévaux et mystérieux, attise leur curiosité. Les techniciens s'activent afin de vérifier les derniers réglages. Des faisceaux lumineux balaient de temps à autre la façade, tels des vers luisants ou des lucioles.

Trois étages plus haut, Noah et Daphné finissent d'inspecter la chambre de retrait de la duchesse, où se trouvait la première pièce de métal. Encoches autour des fenêtres, fentes dans le sol, vitrines et mobilier… ils ont tout observé en détail pour parvenir à cette conclusion : pas d'autre pièce ici. D'un commun accord, ils décident de poursuivre leurs recherches dans la grande salle haute, la pièce voisine, qui constitue le plus vaste espace de l'étage.

La salle est deux fois plus grande que la chambre de la duchesse. D'après la découpe apparaissant sur la porte, Daphné et Noah cherchent deux autres pièces de forme ronde, aux contours crantés comme les roues dentées d'un engrenage. D'après celle qu'ils ont déjà trouvée, les roues sont faites de métal. Les adolescents passent la pièce au peigne fin, sans succès.

– Pourtant, il y a trois salles à l'étage, et il faut trois pièces pour ouvrir la porte, note Noah. Ça me paraitrait logique qu'une pièce soit cachée dans chaque salle…

– Ta logique à toi n'est visiblement pas la même que celle de la personne qui a caché ces roues, constate Daphné en soupirant. Bon, on est d'accord pour dire qu'on a fait le tour de cette salle ?

Noah hoche la tête pour marquer son approbation. Si une roue se trouve ici, elle est trop bien cachée pour qu'ils mettent la main dessus.

– Et ça, c'est quoi ? demande alors Daphné.

Elle vient de passer la tête par une ouverture dans le mur de la grande salle haute. Elle donne sur une sorte de couloir long, étroit et pas du tout éclairé.

– La courtine du nord, répond Noah en consultant l'un des panneaux d'explication fixés au mur. « En architecture médiévale, une courtine est la muraille reliant deux tours. La courtine du nord est la partie la plus ancienne du château de Krennamzer. »

Daphné y a déjà disparu. Aucun élément de décoration n'orne la courtine : les murs sont bruts. Noah y pénètre à son tour. Daphné, elle, est déjà ressortie de l'autre côté : l'étroit couloir mène à la chambre de retrait de la duchesse. Noah s'apprête à rejoindre sa camarade lorsque son pied bute sur quelque chose. Une pierre dépasse, comme si elle était descellée. Noah n'y prête d'abord pas garde avant de revenir sur ses pas : et si cette pierre n'en était pas une ? Il se baisse pour la toucher. Ce qui dépasse n'est pas en pierre mais en métal ! Et il y a du jeu. À moins que Noah l'ait fait bouger en butant dedans avec son pied ? Le garçon tente de la saisir avec sa main gauche. La pièce résiste. Noah mobilise toute son énergie et tire.

Enfin, l'objet cède et Noah, emporté par la force de sa traction, bascule en arrière. Il se rétablit presque aussitôt.

– Daphné ! s'écrie-t-il.

Noah a-t-il mis la main sur la deuxième pièce ?

Pour savoir si Noah a trouvé la deuxième pièce, identifie le personnage de la maison de Cornouaille qui va venir en aide aux héros en complétant l'arbre généalogique à partir des informations de l'encadré.

Maison de Cornouaille

1066 - 1084 : Hoel II (vers 1030-1084).
1084 - 1113 : Alain IV *Fergent* (vers 1060-1119), fils d'Hoel II et d'Havoise de Bretagne.
1113 - 1148 : Conan III (vers 1095-1148), fils d'Alain IV. Désigne comme successeur son petit-fils Conan IV, fils de sa fille Berthe de Bretagne et d'Alain *le Noir*, comte de Richmond, le premier mari de Berthe.
1148 - 1156 : Berthe (1114-1156), fille de Conan III.
1156 - 1166 : Conan IV (vers 1138-1171), fils de Berthe de Bretagne et de son premier mari. Il marie sa fille unique Constance à un fils du roi Henri II d'Angleterre, Geoffroy Plantagenêt.
1166 - 1201 : Constance (vers 1161-1201), fille de Conan IV.
1181 - 1186 : Geoffroy II Plantagenêt (1158-1186), premier mari de Constance ; fils de Henri II d'Angleterre et d'Aliénor d'Aquitaine.
1199 - 1201 : Guy de Thouars (?-1213), troisième mari de Constance.
1201 - 1203 : Arthur Ier (1187-1203), fils de Constance et de Geoffroy Plantagenêt.
1203 - 1221 : Alix de Thouars (vers 1201-1221), demi-sœur d'Arthur, fille de Constance et de son troisième mari Guy de Thouars. Se marie avec Pierre *Mauclerc* de Dreux.

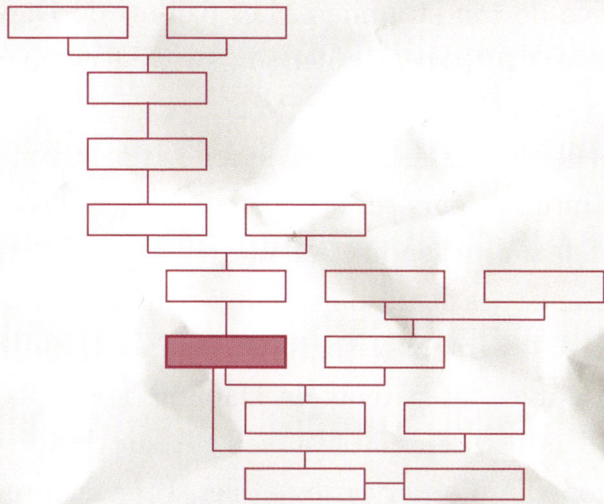

Si tu as trouvé BERTHE → Va au n° 5.

Si tu as trouvé CONSTANCE → Va au n° 15.

Si tu as trouvé CONAN IV → Va au n° 7.

9

Faux ! Vérifie tes réponses en t'aidant du mémo.

→ Recommence l'exercice du n° 15.

10

Bravo ! → Lis la suite au chapitre 2 pour découvrir pourquoi Noah et Daphné sont encore prisonniers.

11

À l'extérieur du château, sur la prairie, les spectateurs s'installent. Satisfaits de leur visite, ils peuvent maintenant se détendre en attendant que démarre le spectacle de son et lumière. Les parents de Daphné demandent à Enzo d'enfiler son sweat et ils font de même. À quelques mètres de là, les grands-parents de Noah déplient leur siège de toile et étendent une couverture sur leurs jambes. La grand-mère prend sa petite-fille sur ses genoux. Aucune famille ne s'inquiète de l'absence des deux adolescents : celle de Daphné la croit avec les grands-parents de Noah, celle de Noah le pense avec les parents de Daphné. Les amis ont prévu de rentrer ensemble à pied à l'issue de la représentation afin d'observer les étoiles. Pour rassurer les adultes, ils ont emporté leur téléphone portable.

– Encore un coup du fantôme ! a plaisanté Noah lorsque la porte a claqué.

– Du fantôme ? a demandé Daphné.

– Oui, du fantôme de Krennamzer, tu n'es pas au courant ?

Noah a laissé passer quelques secondes, juste assez pour que Daphné se demande si c'était une blague ou pas, avant d'éclater de rire.

– Allez, viens, a-t-il repris, le spectacle devrait bientôt commencer.

Daphné a ri à son tour, mais seulement un peu : sur un panneau d'informations, il était justement question d'un fantôme hantant le premier étage… Puis tous deux se sont dirigés vers la porte qui, entre la chambre de retrait de la duchesse et la grande salle haute, ouvre sur l'escalier en colimaçon par lequel ils

sont arrivés jusqu'au troisième et dernier étage. C'est celle qui a claqué : elle est à présent fermée.

Daphné s'en approche et la tire vers elle. Rien ne se passe.

– Noah ? Tu peux m'aider, s'il te plait ? Cette porte est trop lourde, je n'arrive même pas à la faire bouger.

Noah essaie à son tour, sans succès. Ils joignent leurs efforts mais malgré cela la porte résiste toujours.

– Zut, on dirait qu'elle est verrouillée, constate Noah.

– Tu crois que quelqu'un du château aurait pu la fermer à clé en pensant qu'il n'y avait plus personne ici ? s'inquiète soudain Daphné.

– Peut-être… En tout cas, il va falloir qu'on trouve un moyen de sortir d'ici. Et par l'intérieur, ajoute-t-il en jetant un œil autour de lui.

Il fait quelques pas de côté afin de regarder par la fenêtre située à gauche de la porte. En dessous se trouve la cour du château. Mais sous les fenêtres, les murs sont droits et ne présentent aucune prise. Même pour un bon sportif comme Noah, qui a fait de la descente en rappel en stage d'escalade aux vacances d'avril, tenter de s'échapper par là est inenvisageable.

– C'est étrange, tout de même… dit alors Daphné.

Elle est restée face à la porte, qu'elle observe dans ses moindres détails. Un curieux mécanisme en métal fixé dans le bois attire son attention.

– Tu vois ces trois formes ? demande-t-elle en montrant à Noah des découpes forgées dans le mécanisme. On dirait que si on y place des pièces de même forme, ça enclenche le système d'ouverture…

– Oui mais tu vois des pièces de ces formes-là quelque part ? interroge Noah en regardant tout autour de lui.

– Non, admet Daphné. Mais si j'avais imaginé ce système, je n'aurais pas rangé les pièces à côté de la porte…

Où Daphné et Noah vont-ils chercher les pièces ?

Pour le savoir, suis les instructions et tu découvriras ce qui pourrait être utile aux deux héros parmi ce qu'ils ont emporté.

Il fait **quelques** pas de côté afn de **regarder** par la **fenêtre** située à gauche de la porte. **En dessous** se **trouve** la **cour** du château. **Mais sous** les fenêtres, **les** murs sont **droits** et ne présentent aucune prise.

1. Trouve la classe grammaticale de chacun des mots en bleu, puis distingue les mots variables des mots invariables.

il	__________	•	
quelques	__________	•	
regarder	__________	•	
fenêtre	__________	•	
en dessous	__________	•	
trouve	__________	•	• variables
cour	__________	•	• invariables
mais	__________	•	
sous	__________	•	
les	__________	•	
droits	__________	•	

2. Fais la somme des classes grammaticales obtenues en te référant au tableau de points, puis multiplie le résultat par le nombre de mots invariables que tu auras trouvés.

Classe grammaticale	pts	Classe grammaticale	pts
Adjectif	1	Déterminant	2
Adverbe	2	Nom	1
Conjonction de coordination	3	Pronom	2
Préposition	2	Verbe	1

Somme classes grammaticales x Total mots invariables

.... x ...... = ...

Si tu as trouvé 44, l'objet utile est un rouleau de scotch → Va au n° 2.

Si tu as trouvé 52, l'objet utile est une paire d'écouteurs → Va au n° 3.

Si tu as trouvé 54, l'objet utile est un téléphone mobile → Va au n° 4.

mémo 1

12

Faux ! Le dénominateur de ta fraction doit correspondre au nombre total de relevés…

→ Retourne à l'exercice du n° **1**.

13

Tu t'es trompé(e) ! Avant de convertir la fraction en nombre décimal, recalcule le nombre total de relevés.

→ Recommence l'exercice du n° **1**.

14

Tu t'es trompé(e) ! L'aire d'un disque est égale à son rayon au carré multiplié par π (d = diamètre = $2r$).

→ Refais l'exercice du n° **4**.

15

Daphné accourt.

– Qu'est-ce qui se passe ? s'inquiète-t-elle en découvrant Noah assis par terre.

– Regarde ! s'exclame celui-ci en brandissant fièrement ce qu'il vient d'arracher au sol de la courtine.

Daphné écarquille les yeux.

– La deuxième roue ! Génial ! Où était-elle ?

– Ici, entre deux pierres, déclare Noah en désignant l'interstice désormais vide.

Noah se relève et se dirige vers la porte qui condamne le troisième étage. Il place la pièce qu'il vient de dénicher dans la découpe qui semble lui correspondre.

– Donc celle-ci va là… commence-t-il.

– Et celle-là ici ! poursuit Daphné en positionnant à quelques centimètres la première roue, qu'elle n'a pas lâchée depuis qu'elle l'a trouvée.

Pour faire fonctionner le mécanisme, il ne reste qu'à ajouter la roue centrale, d'un diamètre un peu plus grand que les deux autres. Mais où est-elle cachée ?

– Il faut qu'on retourne dans la garde-robe de la duchesse, affirme Daphné.

C'est précisément parce qu'ils ont passé un peu trop de temps dans cette petite salle qu'ils ont été oubliés tout à l'heure… Il faut dire que la pièce présente un intérêt certain : y sont exposés des costumes d'époque, portés par des mannequins. À côté d'un des mannequins, un portant est chargé d'autres tenues, sur des cintres, mises

à la disposition du public : il est permis de les essayer pour passer quelques instants dans la peau d'un duc ou d'une duchesse. Mais alors que les ados étaient tentés de les enfiler un peu plus tôt, cette fois ils n'envisagent pas de perdre la moindre seconde en essayage.

Tandis que les ombres s'étirent de plus en plus, ils font une inspection rapide mais rigoureuse des murs, du sol et des pourtours des fenêtres. Puis, d'un regard entendu, ils décident de changer de stratégie. Noah passe en revue les costumes alignés sur les cintres, en quête d'une poche ou d'un repli pouvant contenir une roue de métal, tandis que Daphné fouille les mannequins comme si elle était une agente postée après le portique de sécurité à l'aéroport.

– Rien, soupire Noah.

– Rien non plus, soupire Daphné. Oh, mais attends !

Elle n'a pas pensé à palper la coiffe portée par le mannequin féminin représentant, d'après l'écriteau, la duchesse Constance. La coiffe est un tour de tête recouvert de velours coloré et auquel est accroché un voile tombant au milieu du dos de la duchesse.

Daphné tend le bras et ne peut retenir un cri :

– Ouiii !

Ce n'est pas dans la coiffe mais sur la tête du mannequin qu'elle a senti quelque chose. Quelque chose de froid comme le métal et de rond comme une roue… dentée !

Noah applaudit.

– Vite, à la porte.

À Daphné l'honneur de positionner cette troisième pièce. Elle s'enclenche parfaitement. Noah fait alors tourner la première, qui entraine dans son mouvement la deuxième, puis la troisième… Daphné retient son souffle : un déclic se fait entendre. Est-ce que… ?

Daphné et Noah viennent-ils de se libérer ?

Pour le savoir, comptabilise dans la liste ci-dessous les sources primaires de lumière :

Soleil
ampoule allumée
écran de télévision
téléphone portable
Lune
étoiles
planètes du système solaire
ver luisant
luciole
feu
bougie
miroir
veilleuse en plastique

Si tu en as trouvé 9 → Va au n° 6 pour voir si les héros vont faire une mauvaise rencontre.
Si tu en as trouvé 10 → Va au n° 10 pour voir si les héros vont de nouveau se retrouver bloqués.
Si tu en as trouvé 11 → Va au n° 9 pour voir si quelqu'un va ouvrir la porte de l'étage.

Divise par 2 le résultat trouvé.

Écris ta réponse : ______ C'est ton PREMIER INDICE.
N'oublie pas de le reporter page 93.

mémo 12

2

Trois clés pour une porte

1

La porte s'est ouverte ! L'intuition de Daphné était bonne, et le système a fonctionné ! Aussitôt que le « clic » a retenti, les adolescents tirent le lourd panneau de bois et accèdent aux marches de pierre. Ils s'apprêtent à dévaler l'escalier en colimaçon mais l'obscurité les oblige à réfréner leur enthousiasme : les ouvertures étroites qui percent les murs laissent passer une lumière trop faible à cette heure-ci pour y voir vraiment clair. Prudents, Noah et Daphné se tiennent à la rampe de corde et descendent les marches une à une.

L'escalier les conduit au deuxième étage. Il ne va pas plus loin : c'est muré. Pas de porte, cette fois : les deux amis pénètrent directement dans la chambre de retrait du duc, située exactement sous celle de la duchesse.

– Par où on redescend ? interroge Daphné.

– L'escalier est de l'autre côté, se souvient Noah en l'entrainant vers la salle de parement.

Celle-ci, de mêmes dimensions que la grande salle haute du niveau supérieur, présente une splendeur de l'art décoratif dans l'architecture médiévale : des pavements. Ceux-ci constituaient le sol richement décoré de la chapelle de Krennamzer, datée du XIIIe siècle, et ont été mis à jour lors des fouilles conduites à l'extérieur de l'enceinte du château. Daphné et Noah passent entre les pavements, exposés sur des panneaux verticaux, sans leur accorder le moindre regard : ils les ont admirés un peu plus tôt, lors de la visite, cette fois ils sont pressés.

Ils atteignent rapidement l'extrémité de la salle de parement ; c'est là que se trouve l'escalier qui mène au premier étage. Mais une porte empêche d'y accéder. Noah la tire avec vigueur : malheureusement, elle s'avère tout aussi close que celle du troisième, avant que les amis ne la déverrouillent.

– Oh non ! soupire Daphné. Ça ne va pas recommencer !

Sur la porte sont fixées trois serrures semblant reliées entre elles.

– On peut probablement l'ouvrir également de l'intérieur… observe Noah. Mais on n'a pas les clés, et je ne vois pas comment on pourrait trouver des objets d'aussi petite taille ici.

Il balaie du regard son environnement immédiat. Les pièces de métal permettant d'ouvrir la porte du troisième étage étaient plus larges qu'une phalange. Des clés, minuscules à en juger par les trous dont sont percées les trois serrures, peuvent être glissées n'importe où… et on y voit de moins en moins bien.

– Attends ! s'exclame alors Daphné. Je crois qu'on devrait aller voir de ce côté…

À quelques mètres de la porte, sur l'autre mur, un discret panneau indique « Chemin de ronde ». La flèche pointe vers l'est. Daphné décide de s'y aventurer. Sans rien ajouter, elle fait signe à Noah de la suivre…

Daphné vient-elle de trouver un moyen de contourner l'obstacle que constitue la porte ?

Pour savoir à quoi mène le chemin de ronde, trace tous les axes de symétrie sur la rosace ci-dessous. Compte ensuite le nombre d'axes que tu as tracés.

Multiplie le chiffre obtenu par $\frac{5}{12}$ pour obtenir le nombre de lettres du mot-réponse.

Si tu as trouvé 5 lettres → LOGIS → Va au n° 8.

Si tu as trouvé 6 lettres → SORTIE → Va au n° 7.

Si tu as trouvé 7 lettres → IMPASSE → Va au n° 6.

mémo 8

2

Non, relis chacune des phrases, sans oublier que seules les comparaisons contiennent des mots comparatifs.

→ Recommence l'exercice du n° 8.

3

Faux. Revois la traduction du mot « castle ».

→ Retourne à l'exercice du n° 12.

4

Tu t'es trompé(e). Comme son nom l'indique, le conditionnel marque une incertitude.

→ Retourne à l'exercice du n° 5.

5

Daphné et Noah mettent moins de temps pour remonter qu'ils n'en ont mis à descendre. Ils accélèrent leur allure sur la première passerelle ; sur la seconde, ils courent presque. Ils sont très vite de nouveau sur le chemin de ronde. Ils atteignent l'entrée du logis est sans un regard pour les tentes dressées dans la cour. Tout juste perçoivent-ils l'ambiance sonore des préparatifs du spectacle. Si la représentation commence effectivement trois quarts d'heure après le coucher du soleil, son démarrage est imminent.

De retour dans le logis principal, Noah braque sa torche devant lui.

– C'est trop risqué d'avancer sans lumière, déclare-t-il. Mets ton portable en mode avion pour économiser la batterie.

Il en fait de même après avoir vérifié une dernière fois que le réseau téléphonique était inexistant. Daphné l'imite.

– J'ai 93 %, constate-t-elle.

– Moi, 87.

Noah se poste devant la porte, sort la petite clé de sa poche et la compare avec les trois serrures.

– J'essaie, annonce-t-il.

La clé refuse d'entrer dans la première serrure, laissant croire aux deux prisonniers qu'elle n'a rien à voir avec le système qui ferme la porte. Mais la deuxième serrure l'accueille, et Noah parvient à lui faire faire un quart de tour.

– Bon, ne reste plus qu'à trouver les deux autres.

Il balaie la chambre avec le faisceau de sa torche.

– … Mais autant chercher une aiguille dans une botte de foin, soupire-t-il.

– Réfléchissons ! dit Daphné, que la découverte d'une première clé a remotivée. Là-haut, on a trouvé les trois roues dans trois endroits totalement différents.

– Une fente dans le mur, un trou dans le sol et la coiffure d'un mannequin, énumère Noah sans grand enthousiasme.

– Donc, en toute logique, on peut éliminer les murs, les sols, les mannequins et même les rambardes dans notre quête des clés, raisonne Daphné. Ça va faciliter nos recherches !

– Seulement si la personne qui a caché les clés a la même logique que toi… fait observer Noah en référence à la réflexion que Daphné lui a faite au troisième étage. Elles sont cachées pour que le public ne tombe pas dessus, à mon avis. Mais certaines personnes qui travaillent au château doivent savoir exactement où elles se trouvent.

Daphné ne se laisse pas décourager par l'abattement de Noah.

– Je fouille cette pièce-là, et toi celle-ci ? dit-elle. Elle désigne pour Noah la garde-robe du duc, située sous celle de la duchesse, et s'avance pour sa part vers l'étuve, qui permettait de faire chauffer de l'eau et de produire de la vapeur : après avoir sué dans la petite salle, le duc allait prendre un bain froid dans sa garde-robe, qui était avant tout une pièce d'hygiène. Daphné passe ses mains à l'arrière du panneau expliquant le fonctionnement de l'hypocauste, ce système de chauffage par le sol déjà utilisé à l'époque romaine. Rien. Et aucun autre élément de la salle de sudation ne semble pouvoir contenir une clé.

Daphné rejoint Noah. Celui-ci est concentré sur le long coffre en bois qui permettait au duc de transporter ses effets lors de ses voyages.

– Alors ? demande Daphné en dévisageant les différents mannequins costumés.

Ce faisant, elle glisse la main dans une poulaine[1], exposée entre deux autres souliers d'apparat sur un

1. Au Moyen Âge, soulier porté aussi bien par les hommes que par les femmes.

banc de bois installé dans la cheminée. Elle ne laisse pas le temps à Noah de répondre :

– Une clé ! s'écrie-t-elle.

Cette clé ouvre-t-elle une deuxième serrure ?

Pour le savoir et découvrir où Daphné et Noah pourraient trouver la troisième clé, distingue les verbes au présent du conditionnel de ceux au futur de l'indicatif. Entoure les lettres dans le tableau.

1. Si nous accélérons, nous **courrons.**

2. Atteindrais-je l'entrée du logis ?

3. Je **mettrai** moins de temps pour remonter !

4. Le démarrage du spectacle **serait** imminent.

5. S'il pouvait, il **vérifierait** le réseau téléphonique.

Phrase	1	2	3	4	5
Conditionnel présent	M	U	R	E	L
Indicatif futur	A	S	T	A	T

Si tu as trouvé MURET → Va au n° 4.

Si tu as trouvé MURAL → Va au n° 10.

Si tu as trouvé AUTEL → Va au n° 16.

mémo 2

6

Erreur. Vérifie que tu as bien placé le centre de symétrie.

→ Recommence l'exercice du n° 1.

7

Tu t'es trompé(e). As-tu bien tracé tous les axes de symétrie ? → Refais l'exercice du n° 1.

8

Le chemin de ronde prolonge le deuxième étage du logis est. Mais lors de la visite groupée avec leurs familles, les deux adolescents sont passés à côté de cette particularité propre à ce niveau du château de Krennamzer. Personne n'avait remarqué le discret panneau qui invite à longer l'édifice et à découvrir le logis ouest, de l'autre côté de la bâtisse.

Comme la courtine du nord, le chemin de ronde relie entre elles deux tours du château. Il est cependant un peu plus large, deux fois plus long et surtout… à ciel ouvert. C'est par l'extérieur qu'il permet de passer d'un logis à l'autre.

– Dommage que le spectacle ait lieu de l'autre côté, râle Noah. D'ici, on pourrait faire des signes et on nous verrait, c'est sûr. Pourquoi est-ce qu'ils n'ont pas choisi de projeter le spectacle de son et lumière sur cette façade-là ?

– Et ça ne servirait à rien de crier, ajoute Daphné. La musique couvrirait nos voix…

Noah et elle progressent sur le chemin de ronde. À leur droite s'étendent les marais qui entourent le parc, au-delà d'un étang à l'eau immobile ; à leur gauche, c'est la cour intérieure du château, dans laquelle plusieurs tentes ont été dressées autour du puits pour les activités d'été : initiation au tir à l'arbalète, atelier reconnaissance des traces de pas des oiseaux et autres animaux du domaine… Mais à cette heure-ci, les tentes sont évidemment fermées et personne ne foule le sol de la cour. Daphné remarque que les ruines dessinent les bases d'un autre logis, au sud, dont il ne reste presque rien.

Au bout du chemin de ronde, une ouverture a été percée. Ici, pas de porte. Noah et Daphné entrent sans hésiter.

– « Le logis ouest était celui des invités », déclare Noah en avisant un panneau fixé juste après l'ouverture.

– Des invités, des invités, répète une voix.

Noah et Daphné sursautent : il y a quelqu'un dans cette partie du château ! Ils devraient s'en réjouir, pourtant cela ne les rassure pas.

– On fait demi-tour ? demande au contraire Noah, qui a déjà fait un pas en arrière.

– Attends ! l'arrête Daphné. Ohé !

– Ohé ! Ohé !

– C'est l'écho ! bondit Daphné. Rien que l'écho. On peut y aller.

Noah lâche un soupir de soulagement et repasse devant.

Le logis ouest n'a rien de commun avec le logis est : de cette partie du château ne subsistent que les murs extérieurs. Pas de salles, pas de mobilier ni de vitrines de présentation, aucun mannequin en costume. Seules deux passerelles métalliques occupent l'espace, permettant de traverser le volume dans sa largeur.

– Ce qui explique l'écho ! fait remarquer Noah. Mais si une clé est cachée quelque part, je ne vois pas comment on peut la trouver ici.

– On va quand même voir jusqu'à l'autre passerelle, d'accord ? propose Daphné.

Noah acquiesce et la suit en laissant sa main courir sur le gardecorps. Les passerelles sont fixées à plusieurs mètres de hauteur, et Noah a l'impression qu'il pourrait vaciller s'il regardait en bas.

Daphné avance plus vite que lui. Elle atteint l'extrémité de la seconde passerelle lorsque Noah s'y engage seulement.

– Ici ! s'exclame-t-elle.

Sa voix résonne. Avec la lumière qui décline, l'écho se fait inquiétant.

– Il y a un escalier, reprend Daphné. Un escalier qui descend !

Noah ne répond rien. Sa main, toujours posée sur la rampe, vient d'être arrêtée par quelque chose…

Qu'a trouvé Noah ?

Pour le découvrir, distingue les comparaisons des métaphores, puis relève les lettres en rose, uniquement lorsque la phrase est une comparaison.

1. Krennamzer baigne dans l'or du soir.
2. Le chemin de ronde est plus long qu'un couloir.
3. La nuit s'annonce noire comme de la suie.
4. Le logis ouest est aussi vaste qu'une cathédrale.
5. Le son et lumière promet d'être un bouquet d'éclairs.
6. Ce château est un véritable labyrinthe.

- comparaison
- métaphore

Si tu as trouvé SOU → Va au n° 13.
Si tu as trouvé CLE → Va au n° 12.
Si tu as trouvé CLOU → Va au n° 2.

mémo 4

9

Faux. L'angle placé en troisième position est supérieur à 90°. → Refais l'exercice du n° 16.

10

Tu as fait des erreurs... Vérifie chaque verbe avant de reprendre le tableau indiquant les correspondances des lettres. → Recommence l'exercice du n° 5.

11

Ce n'est pas la bonne réponse. N'as-tu pas confondu « who » et « when » ? → Recommence l'exercice du n° 12.

12

Noah s'est immobilisé. Fixée sous le gardecorps au moyen d'un crochet métallique, une petite clé se balance. Peut-il s'agir d'une de celles qui actionnent le système de la porte, dans le logis est ? Il la glisse dans sa poche : si l'escalier sur lequel Daphné vient de tomber permet de redescendre dans la cour, cette clé ne lui sera d'aucune utilité. Avant de refermer sa poche, Noah vérifie l'écran de son téléphone portable : hélas, il n'y a pas plus de réseau ici que de l'autre côté.

– Bon alors, tu viens ? le presse Daphné.

Elle se tient sur la première marche de l'escalier et attend Noah pour entamer la descente. Par amitié mais aussi… parce qu'on n'y voit goutte. Quand son camarade la rejoint, elle sort son portable et active la lampe torche intégrée.

– Les marches sont en moins bon état que dans les autres escaliers, fait remarquer Daphné en s'engageant dans le colimaçon, pressée d'aller voir si cet escalier mène à la liberté.

Noah repère un petit panneau orné du symbole « sens interdit ».

– C'est peut-être pour ça que l'escalier est interdit au publi… aaah ! crie-t-il.

Daphné a juste le temps de s'écarter pour ne pas être emportée dans la chute de son camarade. Celui-ci a dégringolé d'une dizaine de marches.

– Ça va ? demande Daphné en s'accroupissant à son niveau.

Noah est sonné.

– Je crois que j'ai loupé une marche.

– Je crois qu'il manque une marche ! corrige Daphné en braquant sa torche au-dessus d'eux.

Noah se relève en se frottant la hanche :

– Je vais avoir un beau bleu, déclare-t-il en sortant lui aussi son téléphone.

Les deux amis achèvent la descente avec la plus grande prudence, chacun éclairant les marches avant d'y poser le pied. Ils parviennent bientôt en bas. L'escalier conduit au niveau inférieur du logis. Ici, pas de pavements ni de pierres mais un sol brut en terre battue. Noah lève les yeux : d'en bas, le volume du logis est encore plus impressionnant que depuis la passerelle. C'est vertigineux.

Les adolescents éteignent les lampes de leurs portables. Si quelques fenêtres percent la partie supérieure des murs de ce logis, dans la partie inférieure ils sont pleins. Pas de meurtrière ; encore moins de porte.

Daphné déglutit un peu trop bruyamment.

– On ne peut pas sortir d'ici, constate-t-elle.

– On ne pouvait pas savoir que cet escalier conduisait là, dit-il pour tenter de la rassurer.

En réalité, lui non plus n'en mène pas large. Depuis combien de temps sont-ils enfermés ? Pendant combien de temps encore peuvent-ils rester prisonniers de ces murs moyenâgeux, alors qu'ils n'ont avec eux ni provisions ni protections et qu'il fera bientôt nuit noire ? Dire que des centaines de personnes sont massées dehors, sur la prairie…

Les doigts de Noah se crispent sur la poche de son short. La clé ! réalise-t-il soudain.

– J'ai trouvé une clé accrochée à la passerelle, annonce-t-il alors en désignant le pont de métal qu'ils ont emprunté juste avant de descendre.

– Tu crois que c'est une de celles qui ouvrent la porte ? demande Daphné en se regonflant d'espoir. Viens, on va la chercher.

– Je l'ai prise, l'informe Noah. Une chance qu'elle ne soit pas tombée dans ma chute !

Du plat de la main, il tapote sa poche plaquée.

– Mais de toute façon, il faut qu'on remonte, ajoute-t-il. Allez, go !

Et il rallume sa minitorche avant de s'engouffrer dans la cage d'escalier tandis que Daphné lui emboite le pas.

Daphné et Noah vont-ils bientôt sortir de ce cauchemar ?

_Go !_ a dit Noah. Pour savoir où ils vont se diriger, complète les questions avec le mot interrogatif qui convient : _how, what, who, why_.

At ________ time does the visit begin?

________ much are the tickets?

________ high are the towers?

________ are there some pavilions outside?

________ is the name of this duke?

________ built this castle?

Quelle est la bonne traduction de la dernière phrase ?

Qui a bâti cette caste ?	Qui a construit ce château ?	Quand a été construit ce château ?
ÉTUVE	**GARDE-ROBE**	**SALLE DE PAREMENT**

Si tu as trouvé ÉTUVE → Va au n° 3.

Si tu as trouvé GARDE-ROBE → Va au n° 5.

Si tu as trouvé SALLE DE PAREMENT → Va au n° 11.

mémo 14

13

Faux. Ne confonds-tu pas comparaison et métaphore ? Dans la métaphore, il n'y a pas de mot comparatif.

→ Refais l'exercice du n° 8.

14

Tu t'es trompé(e). Es-tu sûr(e) d'avoir relevé le nom de l'angle se trouvant en 3e position parmi les 4 présentés ?

→ Recommence l'exercice du n° 16.

15

Bien trouvé ! → Tu peux te rendre au chapitre 3 pour lire la suite.

16

Noah s'approche de son amie et éclaire sa paume. La clé que Daphné tient dans sa main est assez semblable à celle qu'il a décrochée sur la passerelle du logis ouest.

– Allons l'essayer tout de suite, suggère-t-il.

Daphné approuve. Ils traversent la chambre de retrait du duc, contournent les pavements de la salle de parement et rejoignent la porte. Là, la jeune fille glisse sa clé dans la première serrure, celle que Noah avait testée sans succès. Comme la précédente, la clé refuse d'entrer dans la serrure.

– C'est l'autre, murmure Daphné à voix basse, comme si elle prononçait une formule magique.

Effectivement, dans la dernière serrure la clé joue, pivotant de quatre-vingt-dix degrés.

– Plus qu'une ! s'exclame Daphné en tapant dans ses mains.

– Mais on a fouillé toutes les pièces... observe Noah.

– On est sûrs ? demande Daphné. Il n'y a pas une courtine, comme à l'étage de la duchesse ?

Les adolescents traversent la pièce et observent le mur, en quête d'une ouverture qu'ils n'auraient initialement pas repérée. Il y en a bien une ! Elle ne donne pas sur une courtine mais sur l'oratoire ducal, la chapelle personnelle du duc à qui l'étage est consacré, et qui communique directement avec la salle de parement. Noah relève quelques mots sur le panneau d'informations :

– « Plusieurs offices quotidiens... oratoire réservé aux proches du duc et aux officiers de sa maison... autel maçonné... voute en pierres... ogives... »

Daphné, elle, a déjà disparu dans l'oratoire, une pièce de forme et de dimensions semblables aux garde-robes : les tours dans lesquelles l'un et les autres se trouvent sont symétriques, situées de part et d'autre du pont-levis par lequel on entre dans le château. Du moins, pendant les heures d'ouverture : comme le note Daphné en regardant par la fenêtre, en cet instant personne ne franchit les douves, plongées dans la pénombre.

– C'est bizarre, on dirait que quelque chose est coincé dans le « o » de « maçonné », constate Noah.

Daphné le rejoint et passe son doigt sur le mot : la lettre « o » est pleine et en relief. Tandis que Noah tente d'écarter le panneau du mur pour voir si quelque chose se trouve derrière, elle retourne dans l'oratoire.

– L'autel maçonné, c'est bien ça ? demande-t-elle en s'approchant du bloc positionné devant la fenêtre.

Elle passe ses mains sur les montants en pierre.

– Là ! s'écrie soudain Daphné en sentant un volume sous le plateau de la table sacrée.

Noah accourt. Il approche son téléphone. Un arc de cercle métallique dépasse légèrement du plateau.

– Tu as des ongles ? demande Noah à Daphné.

– Non ! Mais ma chemise a des boutons, répond-elle.

Et Daphné se rapproche de l'autel afin de glisser le bouton du bas de sa chemisette sous l'arc de cercle. Elle y parvient. Tenant fermement le bouton de métal afin de ne pas déchirer son vêtement, elle tire. La clé bouge…

– Eh bien, celle-là, elle ne doit pas avoir été utilisée depuis longtemps ! s'exclame Daphné lorsqu'elle arrive enfin à récupérer l'objet.

Cette clé est-elle bien celle qu'ils cherchaient ?

Pour le savoir et découvrir ce qui va perturber leur progression, nomme chacun des angles puis trouve la valeur de leur nom en utilisant les points attribués pour chaque lettre au Scrabble®. Le nombre de lettres de la réponse correspond au nombre de points de l'angle placé en troisième position.

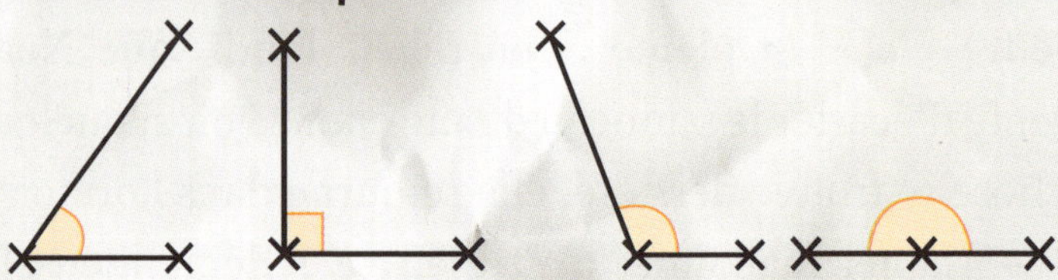

....

= ...... points = ... points = ... points = ... points

Si tu as trouvé ORAGE → Va au n° 9.
Si tu as trouvé ÉCLAIR → Va au n° 14.
Si tu as trouvé FANTÔME → Va au n° 15.

Relève la place de l'angle aigu parmi les 4 angles présentés.

Écris ta réponse : ...... C'est ton DEUXIÈME INDICE.
N'oublie pas de le reporter page 93.

mémo 9

3

Le fantôme de Krennamzer

1 

Pleins de doutes, Noah et Daphné retournent à la porte de la salle de parement. C'est Noah qui lève le bras jusqu'à la serrure. Miracle ! La clé y rentre. Et elle tourne !

– Qu'est-ce qui devrait se passer, maintenant qu'on a récupéré les trois clés ? demande Daphné en considérant la porte.

Contrairement à celle de l'étage supérieur, aucun déclic n'a retenti.

– On tire la porte ? suggère Noah.

Sa hanche lui fait toujours un peu mal. Daphné approuve, et ils glissent leur portable dans leur poche avant de saisir la poignée à quatre mains. La porte, déverrouillée sans bruit, vient sans résistance.

Prudemment mais pressés par l'enthousiasme, les amis descendent l'escalier. D'un étage seulement : de nouveau, ils se heurtent à un mur qui les oblige à s'arrêter au premier.

– Je croyais que tout ça était fait exprès pour canaliser les visiteurs… commente Daphné. En fait, on n'a pas le choix : il y a des murs et des portes partout !

Ils ont débouché dans la grande salle, située sous la salle de parement. Ils avancent jusqu'à la salle du capitaine du château, sous les chambres de retrait : d'après la logique du château et leur mémoire, l'escalier menant au rez-de-chaussée est placé au même endroit que celui descendant du troisième au deuxième étage.

C'est le cas ! Mais la porte est de nouveau…

– … fermée, disent Daphné et Noah d'une seule voix.

C'est alors qu'un grand bruit se fait entendre. Une explosion de cors agrémentée des mélodies de plusieurs cornemuses et des rythmes de tambourins.

– Le spectacle commence ! devine Daphné.

Elle est inquiète, et ce n'est pas par crainte de manquer le spectacle de son et lumière. Si la représentation démarre sans que personne ne soit venu les chercher, c'est probablement que nul n'a remarqué leur absence. Ses parents et son frère doivent être tranquillement installés à l'extérieur du château, et, tout comme les grands-parents et la sœur de Noah, ils profitent du spectacle auquel son ami et elle ont tant souhaité assister.

Ils vont passer la nuit ici, enfermés dans le château de Krennamzer.

Elle se remémore alors ce qu'elle a lu sur le panneau d'information pendant sa visite : Krennamzer serait le terrain de jeu d'un fantôme, le fils d'un ancien capitaine de la garde qui viendrait hanter la bâtisse lorsque les visiteurs l'ont désertée, s'annonçant par un courant d'air frais. Où était ce panneau, exactement ? Dans quelle pièce du premier étage ? Ça lui revient : c'était dans la chambre de retrait du capitaine.

Daphné ne croit pas aux fantômes, évidemment. Pourtant, elle a soudain très froid.

Daphné et Noah vont-ils croiser le fantôme de Krennamzer ?

Pour être sûrs de ne pas croiser le fantôme, les enfants vont changer d'étage. Mais pour aller où ? Pour le savoir, associe chaque mot à son genre :

étuve •	
latrines •	
muraille •	• masculin
ogive •	• féminin
oratoire •	
poulaine •	
promontoire •	

Fais la somme de toutes les lettres de l'avant-dernier mot féminin, sachant que A = 1 et que Z = 26. Soustraie ensuite le chiffre des unités à celui des dizaines dans le résultat obtenu.

....

Si tu as trouvé 0, il s'agit du rez-de-chaussée → Va au n° 11.
Si tu as trouvé 2, il s'agit du deuxième étage → Va au n° 13.
Si tu as trouvé 3, il s'agit du troisième étage → Va au n° 12.

2 

Faux. As-tu bien pris garde aux parenthèses dans ton calcul ? → Refais l'exercice du n° 12.

3

Tu t'es trompé(e). N'oublie pas que la multiplication est à effectuer en priorité. → Recommence l'exercice du n° 12.

4

Ce n'est pas la bonne réponse. Aide-toi du mémo sur l'eau. → Retourne à l'exercice du n° 5.

5

Noah et Daphné sont de retour au premier étage. Si leurs vêtements d'emprunt leur tiennent chaud, ils ralentissent aussi leurs déplacements.

– C'est lourd et ça traine par terre ! Comment pouvaient-ils supporter d'être habillés comme ça tous les jours ? interroge Daphné.

Ils retraversent la grande salle et Noah la guide jusqu'à la porte. Lui n'a pas renoncé à l'idée de sortir d'ici. Arriver à temps pour le spectacle est compromis, mais cela ne l'empêche pas de vouloir dormir dans sa tente plutôt qu'au château.

Noah déplace le faisceau lumineux sur toute la largeur de la porte. La massive fermeture en bois ne présente ni serrures, ni système d'engrenage. Elle est simplement ornée d'une magnifique pièce de métal forgé : le château de Krennamzer a été reproduit en miniature par un talentueux forgeron.

En relief de trois ou quatre centimètres d'épaisseur, la façade se déploie, n'oubliant rien des détails qui rendent Krennamzer unique : tours, créneaux, meurtrières, mâchicoulis, pont-levis. Avec les ombres produites par la torche du téléphone, c'est encore plus bluffant. Noah passe le doigt sur le métal.

– C'est beau !

– Mais je ne vois pas comment la porte peut s'ouvrir… note Daphné.

– Attends ! s'exclame Noah.

Il vient de sentir un creux. L'entrée principale de la reproduction cache une serrure !

– Une serrure, donc une seule clé à trouver, dit Noah.

– Dans un étage hanté ! ajoute Daphné en se forçant à rire. On ne se sépare pas, OK ?

– On commence par là, d'accord ?

Noah braque sa torche sur une ouverture un peu plus loin dans le mur de la salle du capitaine. Daphné et lui s'engagent dans un court couloir coudé qui débouche sur…

– Les toilettes !

– Les latrines, précise Noah.

– C'est horrible, dit Daphné en plissant le nez. Ça tombait où ?

– Je préfère ne pas le savoir.

Ils inspectent rapidement le dégagement. Noah ne s'attarde pas sur le sol, il est persuadé que la clé qu'ils cherchent ne s'y trouvera pas.

– Quand on planque une clé unique, on la planque mieux que quand on en cache trois, raisonne-t-il.

Daphné approuve. Elle est prête à être d'accord avec lui sur tout tant qu'il ne s'éloigne pas d'elle. L'adolescente sent une présence à cet étage et elle ne peut oublier l'histoire de ce fantôme…

Les deux amis reviennent dans la salle du capitaine. Ils observent la cheminée, les pourtours des fenêtres, les panneaux indiquant qu'avant de devenir un manoir ducal, Krennamzer était un prieuré… Les fenêtres intéressent particulièrement Noah : ici, elles ont plusieurs battants et sont équipées de volets intérieurs en bois.

Mais nulle trace de clé.

– On continue, annonce Noah en se dirigeant vers la chambre de retrait du capitaine.

Daphné frissonne.

– Tu es sûr ?

– Ben oui. Il faut bien qu'on fouille tout !

Et il pénètre dans la fameuse chambre, Daphné sur ses talons…

La chambre est-elle hantée ?

Pour le savoir, complète cette grille. Les 9 cases jaunes, une fois remises dans l'ordre, t'indiqueront comment le fantôme va se manifester.

1. Conséquence du manque d'eau
2. Afflux important d'eau
3. Activité consommant 70 % de l'eau de la planète
4. Pêche excessive
5. Qualificatif de l'eau buvable
6. Dégradation de l'eau par les rejets agricoles, industriels ou ménagers
7. Aridification locale, pouvant être liée aux changements climatiques
8. Disparition de l'eau dans l'air

Si tu as trouvé IRRUPTION → Va au n° 4.
Si tu as trouvé ÉCLAT RIRE → Va au n° 8.
Si tu as trouvé EMPREINTE → Va au n° 14.

mémo
11

6

Faux. Vérifie une à une tes opérations avant de traduire de nouveau les chiffres obtenus en lettres.

→ Refais l'exercice du n° 8.

7

Erreur ! As-tu bien contrôlé que chaque chiffre n'apparaissait qu'une fois par ligne et par colonne dans la grille ?

→ Recommence l'exercice du n° 8.

8

Lorsqu'il voulait voir si des costumes s'y trouvaient, Noah est entré dans la pièce pour en ressortir le plus vite possible. Cette fois, il faut bien s'y engager pour de bon. Mais ni lui ni Daphné n'osent évoquer sérieusement le fantôme : qui y croit encore, à leur âge ?

Dans la chambre de retrait du capitaine, comme chez le duc, un des coffres en bois ouvragé utilisés par la cour itinérante est exposé près d'un lit à baldaquin particulièrement imposant. Passant par la fenêtre, les lueurs de la lune éclairent très légèrement la tapisserie qui lui fait face, accrochée au mur. Noah se souvient avoir noté, lors de la visite, que les tapisseries, symboles de richesse et de pouvoir, étaient fixées ainsi afin de réchauffer des pièces souvent sujettes aux courants d'air.

– Loupé, songe-t-il en sentant de l'air froid lui caresser le cou.

Il tire sa lampe vers le panneau d'information. Daphné lit par-dessus son épaule : « Krennamzer était un symbole de pouvoir plus qu'une placeforte stratégique. Le château n'a jamais connu de combat. Par précaution toutefois, les ducs nommaient un capitaine de la garde. Ses appartements, situés au-dessus de l'entrée, lui permettaient de recevoir les premières audiences et de donner des ordres à l'ensemble de la garnison. La légende raconte que son jeune fils, décédé accidentellement, demeure toujours au château et que certains soirs, il fait des pitreries autour du lit de son père… Sa présence se remarque par les courants d'air qui accompagnent ses déplacements rapides dans la pièce. »

– Ça m'a l'air d'être un gentil fantôme… murmure Noah.

Daphné l'a entendu : la musique qui retentissait à l'extérieur s'est tue, remplacée par la voix d'un conteur dont ils ne saisissent pas les paroles. Entre deux phrases, un éclat de rire cristallin résonne entre les murs.

– Tu as entendu ? sursaute Daphné.

– Oui… balbutie Noah.

Tous deux en sont convaincus : ce rire provient de la chambre de retrait et pas du spectacle. Mais puisqu'ils y sont seuls, peut-il avoir une autre origine que… le fantôme du fils du capitaine ? Qu'il soit gentil ne change rien à l'affaire.

– Tu sais quoi ? Il n'y a aucune clé dans cette pièce, affirme Noah un peu trop hâtivement.

– C'est clair, acquiesce Daphné. Dépêchons-nous d'explorer les autres pièces de l'étage.

Et les deux amis se précipitent hors de la chambre du capitaine.

– Ouf ! ne peut se retenir de soupirer Noah lorsqu'ils se retrouvent dans la salle mitoyenne.

Un nouveau souffle leur chatouille le cou.

– Allons voir dans la grande salle, propose Daphné, pressée de s'éloigner de la chambre maudite.

Trouveront-ils la clé à cet étage ?

Pour le savoir, complète la grille de sudoku (chaque chiffre ne doit apparaitre qu'une fois par ligne et par colonne), puis reporte les chiffres et effectue les opérations.

	5	1	4	2	
3					5
1					2
	3	2	1	5	

× 6 = ...

– 1 = ...

+ (7 x 2) = ...

– 16 : 4 = ...

+ (9 x 2) = ...

Traduis le résultat en lettres avec le code (1 = A, 2 = B...) pour découvrir la fonction d'origine de la grande salle, ce qui pourrait mettre nos héros sur la piste de la clé.

....

Si tu as trouvé REPAS → Va au n° 16.
Si tu as trouvé REPOS → Va au n° 6.
Si tu as trouvé BAINS → Va au n° 7.

9

Ce n'est pas la bonne réponse. Retourne lire le paragraphe.

→ Refais l'exercice du n° 16.

10

Tu t'es trompé(e) ! Relis le texte pour trouver la réponse.

→ Recommence l'exercice du n° 16.

11

Faux. As-tu bien vérifié le genre de chaque mot ? → Refais l'exercice du n° 1.

12

– Je suis frigorifiée, annonce Daphné à Noah.

– Nos sweats sont dehors, dit celui-ci. On n'a rien d'autre à se mettre sur le dos que ce qu'on porte là.

– Mais si ! réalise soudain Daphné. Il y a les costumes des ducs et des duchesses !

– Quoi ? Tu veux qu'on se déguise avec les tenues des mannequins ?

– Ou celles qui attendent sur les cintres… Si on doit passer la nuit ici, autant ne pas avoir froid.

– OK, allons voir dans la pièce voisine, ça doit être de nouveau une garde-robe.

– Euh… Je t'attends là, d'accord ? déclare Daphné.

Le faisceau de sa lampe torche vient d'éclairer un panneau indiquant « Chambre de retrait du capitaine ».

– Pas de costume ici, annonce Noah en ressortant presque aussitôt.

Ils vont voir du côté de la pièce située dans l'autre tour, sous l'oratoire ducal : à cet étage, c'est un cabinet, et aucun costume n'y est exposé.

– On remonte, décide Daphné.

– Comment ça ?

– On va prendre des costumes au-dessus, on reviendra ensuite.

Noah ne s'y oppose pas et suit son amie, pour ne pas rester seul dans l'obscurité et parce que lui aussi commence à avoir froid. Sans compter que, s'il n'ose en parler à Daphné, il se souvient très bien de l'histoire du fantôme du premier étage découverte lors de la visite. Il en a plaisanté un peu plus tôt, mais à présent il n'a plus envie de rire avec ça. En plongeant dans l'obscurité, le château devient de plus en plus effrayant.

– On n'a même pas regardé comment était fermée la porte, fait remarquer Noah tandis qu'ils remontent l'escalier par lequel ils viennent d'arriver.

– On verra ça en redescendant, répond Daphné qui se prépare psychologiquement à dormir en costume de duchesse.

Elle propose à son ami qu'ils remontent directement au troisième, là où les costumes sont exposés sur le portant : au deuxième, il n'y a que ceux des mannequins, dans la garde-robe du duc, et il sera plus long de les déshabiller. Sans compter que c'est certainement interdit…

– Tout comme il est interdit de verrouiller le château sans s'être assuré qu'il n'y avait plus personne dedans, fait remarquer Noah avec un brin de cynisme.

Les ados traversent le deuxième étage et atteignent le troisième. On y voit de moins en moins ; sans les lumières de leur téléphone, ils ne pourraient s'orienter. Il y a bien un interrupteur sur un mur, mais Daphné l'essaie sans succès : l'électricité a été coupée. Dans la garde-robe du duc, chacun se choisit un costume qu'il enfile en vitesse par-dessus ses vêtements.

– Après vous, chère duchesse ! déclame Noah en faisant signe à Daphné de passer.

Tandis qu'ils redescendent, ils vérifient les niveaux de batterie : 71 % pour Daphné et 58 % pour Noah. C'est à présent évident : les portables ne tiendront pas toute la nuit.

Comment vont-ils déverrouiller la porte du premier étage ?

Pour savoir ce qu'ils vont découvrir ensuite, calcule le poids de chacun des costumes exposés, exprimé en grammes, puis convertis en kilogrammes.

Costume A	$200 \times 3 + 7 \times 12{,}5$	= .... g = ... kg
Costume B	$200 \times (7 - 3) + 12{,}5$	= .... g = ... kg
Costume C	$500 - 8 \times 2 + 125$	= .... g = ... kg
Costume D	$1111 - [(9 : 3 + 2) \times 5]$	= .... g = ... kg
Costume E	$500 + 8 + 2 \times 125$	= .... g = ... kg

Lequel est le moins lourd ? Il t'indiquera ce que les héros vont trouver sur la porte.

A	B	C	D	E
CADENAS	HEURTOIR	MINIATURE	BOBINETTE	VERROU

Si tu as trouvé MINIATURE → Va au n° 5.
Si tu as trouvé BOBINETTE → Va au n° 2.
Si tu as trouvé VERROU → Va au n° 3.

mémo 10

13

As-tu bien fait la somme de toutes les lettres ? Si oui, alors c'est que tu t'es trompé(e) de mot. Vérifie le genre de chacun. → Recommence l'exercice du n° 1.

14

Tu t'es trompé(e). Si un mot te pose problème, aide-toi des lettres que les autres termes te permettent de placer dans la grille. → Recommence l'exercice du n° 5.

15

Bravo ! → Lis le chapitre 4 pour connaitre la fin.

16

Le centre de la grande salle est occupé par plusieurs vitrines présentant des objets qu'utilisait la cour au quotidien, notamment de la vaisselle et d'autres ustensiles de cuisine : ici une cruche à trois anses, là un pichet à quatre anses, des tasses, des verres, des jattes, des coquemars[1] et des mortiers[2]…

Au mur, un panneau évoque l'« Histoire des rois de Bretagne », une œuvre écrite en latin par l'écrivain gallois Geoffroy de Monmouth, qui en a commencé la rédaction en 1135. « C'est dans ce texte qu'est apparu pour la première fois le légendaire enchanteur

1. Pot en terre cuite ou en métal, avec une anse, servant à faire bouillir de l'eau.
2. Récipient dans lequel on broie les aliments.

Merlin. Il rencontra un grand succès au Moyen Âge et a probablement influencé la légende arthurienne, ensemble de textes autour du roi Arthur et de la quête du Graal. »

Tandis que Noah inspecte les vitrines, Daphné, découragée par les dimensions de la salle, se faufile dans le cabinet situé sous l'oratoire ducal.

Dans la grande salle, le duc prenait ses repas dos à la massive cheminée. Un écuyer proche du duc était chargé d'organiser les festins. Noah enregistre les informations que lui livrent les panneaux qu'il éclaire successivement avec sa torche. Il lui parait étrange que cette salle à manger soit située à un étage où l'on ne trouve aucune trace de cuisine…

– Le cabinet ne contient rien d'intéressant, affirme Daphné en le rejoignant.

En vérité, ne voyant pas comment elle pourrait mettre la main sur une clé dans cette pénombre, elle n'a même pas vraiment essayé de la chercher.

– Attends, il y a encore quelque chose de ce côté ! réalise soudain Noah.

Les ombres ne sont pas les mêmes partout et il vient de repérer un renfoncement plus sombre que les autres.

– « Cet espace servait de réchauffoir et de passe-plat », déchiffre-t-il alors que Daphné éclaire un écriteau indiquant qu'un escalier aujourd'hui disparu descendait directement de la petite pièce aux cuisines du logis nord. « Ici étaient préparés les plats servis aux convives. Les aliments étaient conservés à température ambiante. »

Il y avait donc bien ici un lieu pour cuisiner ! Noah se félicite de l'avoir deviné. D'autant plus qu'il a un pressentiment : la clé pourrait bien s'y trouver. Parce que la petite pièce jouait un rôle essentiel dans les réceptions du duc et de la duchesse, mais surtout… parce que c'est celle située le plus loin de la chambre de retrait du capitaine. C'est là qu'il aurait caché la clé si on lui avait confié cette mission. Qui sait, les membres du personnel croient peut-être aux fantômes ?

– On va voir, ordonne-t-il en invitant Daphné à le suivre.

Tous deux y pénètrent et balaient les murs, puis le sol, de leurs faisceaux lumineux. Rien n'attire leur attention.

– Zut, dit Noah, déçu.

Il s'apprête à quitter la pièce mais Daphné le retient.

– Attends ! l'arrête-t-elle.

Juste au-dessus de l'ouverture par laquelle ils sont entrés, quelque chose vient de briller. Daphné se met sur la pointe des pieds et tend le bras pendant que Noah, revenu en arrière, l'éclaire avec sa torche. Une clé est suspendue à un crochet, absolument pas dissimulée. Daphné l'attrape.

– Je doute que ce soit la bonne, déclare Noah. Elle est à la portée de n'importe qui !

– À moins que personne n'ait voulu cacher cette clé-là, fait remarquer Daphné. Je te rappelle que la serrure ne nous est pas apparue au premier coup d'œil !

– Il faut qu'on vérifie ça tout de suite ! s'exclame Noah.

Tous deux retraversent une nouvelle fois la grande salle. Lorsqu'ils sont devant la porte, Noah éclaire la reproduction du château. Daphné passe son doigt sur l'entrée principale et sent le trou de la serrure. Elle y glisse la clé.

– Ça marche… dit-elle tandis que la clé tourne sans difficulté.

Et, sous leurs yeux incrédules, la porte s'ouvre. Adieu, étage hanté ! La délivrance est proche…

Daphné et Noah vont-ils enfin rejoindre leur famille ?

Tu le sauras après avoir conjugué les phrases ci-dessous aux temps composés de l'indicatif :

1. APPARAITRE + PASSÉ COMPOSÉ → Dans ce texte .... pour la première fois le légendaire enchanteur Merlin.
2. COMMENCER + PLUS-QUE-PARFAIT → Geoffroy de Monmouth .... à écrire l'« Histoire des rois de Bretagne » dès 1135.
3. INSPECTER + FUTUR ANTÉRIEUR → Noah .... les vitrines avant que Daphné revienne du cabinet.
4. PRENDRE + PASSÉ ANTÉRIEUR → Quand le duc .... son repas, il s'endormit.

Quelle phrase n'a rien à voir avec le chapitre que tu viens de lire ?

Si tu as choisi la phrase 1 → Va au n° 9 pour voir si Daphné et Noah vont sortir du château par le pont-levis.
Si tu as choisi la phrase 3 → Va au n° 10 pour voir si Daphné et Noah vont se heurter à une nouvelle porte en bas de l'escalier.
Si tu as choisi la phrase 4 → Va au n° 15 pour voir s'ils vont se retrouver prisonniers de la cour du château.

Relève le numéro de phrase dont le temps est le plus souvent employé dans le langage courant.
Écris ta réponse : ☐ C'est ton TROISIÈME INDICE.
N'oublie pas de le reporter page 93.

mémo 3

Si près du but

1

Libres ! Daphné et Noah affichent de grands sourires : non, ils ne dormiront pas au château de Krennamzer cette nuit.

– J'espère juste qu'il n'y a pas une dernière porte en bas des marches… ose Noah.

– Pas de raison : les trois portes qu'on vient d'ouvrir étaient toujours situées *en haut* des escaliers ! répond Daphné, pour le rassurer autant que pour se convaincre qu'ils sont presque sortis.

Effectivement, les marches les conduisent directement au rez-de-chaussée, dans la salle des gardes où débouche l'escalier. C'est là qu'ont été achetés les billets pour la visite et le spectacle un peu plus tôt. À cette heure-ci, les présentoirs de prospectus sont rangés et la caisse est fermée.

– Bon, par où on sort ? s'impatiente Noah.

– Par là où on est entrés ! suggère Daphné.

De la salle des gardes, une ouverture donne sur le porche qui relie la cour au pont-levis. Celui-ci n'est pas visible : une double porte en barre l'accès. Une double porte… fermée.

Noah et Daphné tâtent le bois. Cette porte-là est moderne, elle a été changée récemment. Le système qui la maintient fermée est indécelable.

– Peut-être est-ce électronique… songe Daphné.

– Dans ce cas, on est mal, fait remarquer Noah. Bon, faisons le tour, il doit y avoir une sortie d'un autre côté.

Les deux amis font demi-tour et ressortent du porche côté cour. Les tentes installées là paraissent nettement plus grandes que vues du chemin de ronde ; mais elles ne risquent pas de révéler la moindre issue.

De l'autre côté de l'enceinte, le spectacle bat son plein. Le ciel se colore tour à tour de bleu, de jaune et d'orangé, tandis que la voix rocailleuse poursuit en musique le récit de l'histoire du château.

– On va directement voir en face ! lance Noah d'une voix suffisamment forte pour couvrir le bruit du spectacle.

Il a repéré un renfoncement dans le mur opposé, à l'exact vis-à-vis du porche. À gauche de ce renfoncement, le mur d'enceinte et les ruines du logis sud ; à droite, le logis ouest qui, ils le savent, est clos de

l'intérieur. Les adolescents traversent la cour. Ils ont éteint les torches de leur téléphone : la lune et les lumières du spectacle éclairent assez pour voir où l'on marche. Cela permet à Daphné d'empoigner à deux mains sa robe de duchesse, bien trop longue pour elle, et d'éviter de s'y prendre les pieds.

Le renfoncement est lui aussi fermé par une porte récente.

– Ça doit être le même système que de l'autre côté, soupire Noah.

– C'est rageant ! râle Daphné. Il y a tout ce monde juste de l'autre côté du mur, et on est coincés là, sans que quiconque puisse nous entendre.

Qu'il est insupportable d'être prisonniers si près de ceux qui assistent au spectacle sans se douter de rien ! D'être parvenus à déverrouiller trois portes et d'échouer si près du but !

De désespoir, Daphné pousse un cri. Mais à part Noah, personne ne l'entend.

Ont-ils perdu tout espoir ou vont-ils se ressaisir ?

Pour découvrir le prochain lieu à fouiller, raye les mots de la liste dans la grille puis relève, dans l'ordre, les huit lettres restantes. Elles t'indiqueront quel espace Daphné et Noah vont bientôt fouiller de fond en comble.

A	R	B	A	L	E	T	E	O	B
O	G	I	V	E	S	C	O	R	P
P	D	G	O	C	S	L	D	A	O
A	O	I	U	O	E	A	U	T	N
R	U	T	O	U	R	T	C	O	T
E	V	E	T	R	F	R	H	I	L
M	E	U	R	T	R	I	E	R	E
E	L	O	G	I	S	N	S	E	V
N	E	C	U	N	I	E	S	Q	I
T	E	P	E	E	U	S	E	E	S

ARBALÈTE
COR
COURTINE
DOUVE
DUCHESSE
ÉCU
ÉPÉE
GITE
LATRINES
LOGIS
MEURTRIÈRE
OGIVES
ORATOIRE
PAREMENT
PONT-LEVIS
SERF
TOUR

Si tu as trouvé CRÉNEAUX → Va au n° 5.
Si tu as trouvé BOUTIQUE → Va au n° 9.
Si tu as trouvé CASEMATE → Va au n° 11.

2

Ce n'est pas la bonne réponse. As-tu consulté le mémo ?

→ Refais l'exercice du n° 9.

3

Ce n'est pas la bonne réponse. Observe attentivement les suites de nombres et trouve l'opération qui permet systématiquement de passer d'une colonne à l'autre.

→ Recommence l'exercice du n° 6.

4

– J'y pense, dit soudain Daphné. À la fin de la représentation, les employés du château vont forcément revenir ici pour ranger leurs costumes et leur matériel ! Et ils nous délivreront !

– Tu ne te souviens pas de ce qu'on a remarqué en arrivant ? Tout ce qui concerne le spectacle est stocké dans le pigeonnier, de l'autre côté du domaine, lui rappelle Noah.

Tandis qu'ils approchaient du château, avant que la nuit tombe, les deux amis ont en effet noté que le pigeonnier, dont la porte était ouverte, tenait lieu de coulisses pour le spectacle des soirs d'été. Il y a peu de chances que quiconque rentre à nouveau dans le château une fois le spectacle de son et lumière terminé. Ce qui explique sans doute pourquoi on a veillé à fermer toutes les portes…

– Peut-être qu'on devrait regarder le mur de plus près ? propose alors Noah en criant.

Au-dessus de leur tête, le feu d'artifice redouble d'intensité. Si ce n'est pas le bouquet final, on s'en approche certainement.

– Comment ça ? demande Daphné.

– Si on veut dissimuler une porte, par exemple pour que le public ne la remarque pas, elle doit être discrète, et avoir le même aspect que la pierre…

Daphné hausse les épaules, un peu lasse.

– Si tu veux… dit-elle malgré tout. Il y a deux murs, par lequel on commence ?

– Il n'y en a qu'un, en fait, indique Noah en désignant celui qui a soutenu le logis sud plusieurs siècles auparavant. Parce que derrière celui-ci, explique-t-il en montrant le mur opposé, au nord, ce sont les douves.

– Je suis prête à nager ! déclare Daphné. Mais dans ce cas, j'enlève mon costume de duchesse avant.

– Je ne vois pas pourquoi on aurait prévu une porte donnant sur les douves, c'est ce que je veux dire… précise alors Noah.

– Pour noyer les ennemis ? suggère Daphné, incapable de renoncer à ce moyen de s'échapper tout juste entrevu.

– À cette époque, on préférait les enfermer au donjon ! affirme Noah en pointant la tour crénelée qui termine le logis ouest.

Daphné n'ajoute rien. Elle vient d'apercevoir, dans l'éclair rouge d'une fusée lumineuse, le panneau indiquant l'emplacement des toilettes. Il se peut qu'une issue s'y trouve… mais surtout, elle réalise qu'elle a très envie d'y faire une petite pause.

– Je reviens ! annonce-t-elle en montrant à son ami son objectif.

Machinalement, Noah regarde l'écran de son téléphone. Celui-ci est éteint : plus de batterie ! Pour le moment, le feu d'artifice éclaire la cour… mais ensuite ? Il décide de suivre Daphné. La torche de son portable fonctionne encore. Et puis, songe Noah en avançant, il se peut que son amie ait raison et que les toilettes offrent effectivement un accès vers l'extérieur.

Hélas, Daphné se heurte à une porte close.

– Fermée à clé… commente-t-elle. Et cette clé-là ne doit pas se trouver ici…

N'y a-t-il vraiment aucun moyen de sortir de la cour du château ?

Une sortie a échappé à l'inspection de Daphné et Noah. Pour les aider à la trouver, suis les indications :

- Le point de départ est la case A.
- Les déplacements doivent se faire d'une case voisine à une autre, en suivant les segments.
- Il est possible de se déplacer vers la droite seulement si c'est pour aller vers un nombre plus grand.
- Il est possible de se déplacer vers la gauche seulement si c'est pour aller vers un nombre plus petit.

À quelle lettre arrives-tu ?

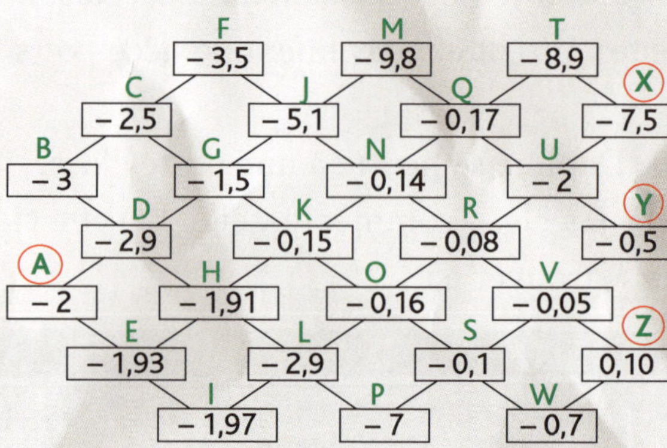

Si tu es arrivé(e) à la lettre X → Va au n° 7 pour voir si une grille se trouve près du porche.

Si tu es arrivé(e) à la lettre Y → Va au n° 8 pour voir si un passage se trouve sous le puits.

Si tu es arrivé(e) à la lettre Z → Va au n° 12 pour voir si une porte se trouve près des toilettes.

mémo 6

5

Tu t'es trompé(e). As-tu bien relevé de gauche à droite les huit lettres restantes ? → Refais l'exercice du n° 1.

6

Le chemin de ronde du deuxième étage n'est pas le seul élément du château à côté duquel les adolescents sont passés lors de la visite de groupe. Impatients qu'ils étaient de découvrir le logis principal, ils ont jeté un coup d'œil rapide à la cour, apercevant les murs d'enceinte et les tentes dressées au milieu. Or, quelques marches descendent sous le logis ouest, dans une direction indiquée par un panneau encore moins visible dans l'obscurité.

Noah et Daphné contournent le puits. Daphné en observe l'ouverture grâce à la lumière de la lune :

– Il est bouché, annonce-t-elle.

– Il te reste combien de batterie ? lui demande Noah en retour.

– 49 %. Et toi ?

– 29 %, répond Noah.

Ils avancent jusqu'au petit panneau. Celui-ci annonce « Cellier/Casemate ».

– C'est quoi, un casemate ? demande Noah.

– *Une* casemate ! corrige Daphné. C'est un endroit où on peut se retrancher pour se protéger des tirs ennemis.

– Comment sais-tu ça ? interroge Noah, impressionné.

– L'année dernière, j'étais en vacances en Vendée, et sur la plage il y avait des blockhaus. Cela veut dire la même chose que blockhaus. Ou bunker, si tu préfères.

Noah hoche la tête.

– Entrons, OK ?

Sans attendre la réponse de son amie, il descend les quelques marches, Daphné sur les talons.

Ils pénètrent d'abord dans le cellier. Les lampes de leur téléphone portable s'avèrent de nouveau nécessaires : la seule ouverture de la pièce est une minuscule meurtrière.

– Il n'y a qu'une souris qui pourrait s'échapper d'ici… commente Noah.

Dans l'un des angles de la pièce, un passage étroit mène à la casemate. Cet espace a été aménagé dans le pied de la tour. Il dispose de quatre minces ouvertures, aux quatre coins opposés.

– Ça servait à se protéger des tirs mais aussi à voir les ennemis arriver de loin, fait remarquer Noah.

– Mais ce n'est pas par ici qu'on pourra sortir, conclut Daphné. On retourne dans la cour ?

La casemate et le cellier sont deux pièces particulièrement fraiches. Si les murs épais font rempart au bruit du spectacle, ils ravivent aussi le souvenir de cet éclat de rire entendu dans la chambre du capitaine.

Daphné a hâte de retrouver la cour et son éclairage naturel.

– On aurait pu s'en douter, fait Noah tandis qu'ils ressortent du cellier. Un endroit pensé pour se protéger des tirs ennemis, c'est rarement plein de portes ou de fenêtres. Pareil pour un garde-manger, d'ailleurs.

Du côté du spectacle de son et lumière, la voix du conteur a cédé la place à un feu d'artifice grandiose. Ça fuse de toutes parts, et chaque nouveau projectile fait sursauter Daphné.

– Tu sais quoi ? avoue celle-ci d'une voix forte, pour couvrir les sifflements frénétiques. Je me sentais finalement plus à l'abri dans la casemate que dans cette cour. Avec tout ce bruit, j'ai l'impression qu'on nous tire vraiment dessus.

– En attendant, on a fait le tour de la cour et on n'a pas trouvé d'issue… constate Noah.

Daphné et Noah sont-ils condamnés à rester dans la cour ?

Pour le découvrir, observe le tableau de relevés en % du niveau de batterie des téléphones de Daphné et Noah et complète-le. Lequel des deux téléphones s'éteindra en premier ?

	Relevé 1	Relevé 2	Relevé 3	Relevé 4
Daphné	93	71	49	?
Noah	87	58	29	?

Si tu as trouvé AUCUN DES DEUX → Va au n° 10.
Si tu as trouvé DAPHNÉ → Va au n° 3.
Si tu as trouvé NOAH → Va au n° 4.

7

Ce n'est pas la bonne réponse. Un dernier effort ! Repars de la case A et recommence ton trajet.

→ Retourne à l'exercice du n° 4.

8

Tu t'es trompé(e). Encore un effort ! Vérifie que les nombres relatifs vers lesquels tu te déplaces respectent bien la consigne donnée. → Refais l'exercice du n° 4.

9

– Calme-toi, dit Noah en posant une main sur l'épaule de Daphné. On va réfléchir.

Il s'interrompt pour admirer un bouquet de lumières orangées qui éclatent juste au-dessus de leurs têtes.

– Ce sont les accès principaux, reprend Noah. Mais ça m'étonnerait que le personnel du château passe par là. Il doit y avoir des portes de service quelque part, plus simples à ouvrir… Viens, on retourne à l'entrée !

Daphné se laisse convaincre. Le raisonnement de son ami tient la route. Noah pénètre de nouveau dans la salle des gardes. Il réactive la lampe de son téléphone et fait signe à Daphné de l'imiter, puis il passe derrière le comptoir d'accueil, cherchant une trappe ou une porte basse. De son côté, Daphné écarte un lourd rideau de velours rouge, espérant découvrir une ouverture derrière. Hélas, l'étoffe, aussi épaisse que celle dans laquelle a été confectionnée sa robe de duchesse, ne masque qu'une étagère chargée de bazar.

Noah, qui l'a vue procéder, essaie de faire pivoter chaque étagère présentant des souvenirs. En vain :

elles sont toutes fixées aux murs. Il n'y a que dans les livres qu'elles révèlent des passages secrets…

– Allons voir à la boutique, décide alors Noah.

Situé de l'autre côté du porche, l'espace boutique comprend aussi un salon de thé.

– J'ai faim, déclare Daphné en découvrant les pâtisseries et les petits sandwichs qui dorment dans la vitrine réfrigérée.

Ici, l'électricité fonctionne toujours.

– Moi aussi, avoue Noah.

D'un regard entendu, ils posent leur portable sur le comptoir et attrapent quelques victuailles : pour Noah, un « sandwich breton » garni de truite fumée et de morceaux de galettes de sarrasin, pour Daphné,

une généreuse part de gâteau aux pommes et caramel au beurre salé.

– Ça fait du bien ! commente Daphné en finissant sa dernière bouchée.

– Inspectons la pièce, maintenant, dit Noah.

Reprenant son téléphone, il ausculte les murs. À l'accueil étaient présentés de petits souvenirs : livres, bibelots, figurines et cartes postales. Ici, on trouve des objets plus volumineux : déguisements de chevaliers et de princesses, boucliers et épées en bois, photographies encadrées du domaine, maquettes du château…

– Là, une petite porte ! s'exclame soudain Daphné en pointant un endroit du mur, non loin de la vitrine réfrigérée.

Noah accourt. Il faut descendre trois marches et se baisser pour atteindre la porte en question, qui s'ouvre sans difficulté.

– C'est la réserve, constate Noah.

Et ses murs sont pleins. Dans *Le Secret de la Licorne*, un album de Tintin qu'il a lu plusieurs fois, un mur creux finit par révéler un passage vers une cave secrète, au sous-sol du château du capitaine. Eux ne cherchent pas à descendre davantage, seulement à quitter l'enceinte de Krennamzer. Pourquoi est-ce si compliqué ?

– Tu sais quoi ? dit finalement Noah. Je crois qu'on ne trouvera rien ici. Je propose qu'on retourne dans la cour et qu'on aille voir du côté du logis ouest. Tout à l'heure, il m'a semblé que quelque chose était fléché…

Qu'a pu repérer Noah ?

Pour le savoir, classe les aliments selon les groupes auxquels ils appartiennent et note leur lettre :

E → aliments énergétiques (bon fonctionnement du corps)

C → aliments constructeurs (croissance et entretien du corps)

P → aliments protecteurs (santé : minéraux, vitamines, fibres)

Céréales	......	Yaourts	......
Fruits	......	Œufs	......
Graisses	......	Poissons	......
Lait	......	Tubercules	......
Légumes	......	Viandes	......

Compte les lettres : combien de fois peux-tu écrire le mot « CEP » (signifiant « pied de vigne ») ? La réponse te mènera à une pièce encore inexplorée.

2 FOIS	3 FOIS
CASEMATE	CANTINE

Si tu as trouvé 2 FOIS, il s'agit de la casemate
→ Va au n° 6.

Si tu as trouvé 3 FOIS, il s'agit de la cantine
→ Va au n° 2.

Relève le chiffre correspondant au nombre d'aliments énergétiques.

Écris ta réponse : ...... C'est ton QUATRIÈME INDICE.

N'oublie pas de le reporter page 93.

mémo 13

10

Un des deux téléphones va bien s'éteindre faute de batterie… Il y a une logique dans la succession de nombres.

→ Refais l'exercice du n° 6.

11

Ce n'est pas la bonne réponse. Reprends les mots de la liste et vérifie chacun d'eux dans la grille.

→ Recommence l'exercice du n° 1.

12

Daphné s'est figée sur place. Quelque chose vient d'attirer son attention dans le mur, juste à côté des toilettes. Dans l'ombre semble se découper une porte…

– Noah ! s'écrie-t-elle au moment précis où une pluie de comètes bleues s'abat au-dessus d'eux en crépitant. Viens voir !

Noah s'approche et découvre la forme. La porte n'a ni serrure, ni système de verrouillage apparent. Pas même une poignée pour la tirer. Les deux adolescents se regardent.

– On tente ? demande Noah en plaquant ses deux mains sur le bois.

Daphné en fait autant.

– 1, 2, 3 !

Hourrah ! La porte bouge sous leur pression conjointe. Noah et Daphné avancent d'un pas. Le bruit du spectacle est si fort qu'il en devient insupportable. Soudain, la porte s'ouvre entièrement.

Daphné et Noah s'immobilisent. Ils sont totalement aveuglés. Un projecteur est braqué sur eux et les éblouit. Aussitôt, des acclamations retentissent. Les spectateurs sont ravis de voir apparaitre ces deux personnages en costumes d'époque au beau milieu du tableau final de ce spectacle. Les applaudissements fusent. Seuls les parents de Daphné, son frère Enzo, les grands-parents de Noah et sa sœur Soline se figent : que font les deux adolescents dans ce son et lumière ?

Les projecteurs continuent leur ronde tandis que les techniciens lancent le bouquet final. Bientôt, la musique cesse et les lumières s'éteignent. Dans l'obscurité, les applaudissements reprennent de plus belle.

Daphné et Noah clignent des yeux pour tenter de discerner quelque chose. Les techniciens du spectacle activent alors un système de lampions, invisible jusqu'ici, qui permet aux spectateurs de se relever et de ramasser leurs affaires en toute sécurité. D'autres lampions forment un chemin lumineux afin de guider le public vers la sortie du domaine. Il ne faudrait pas qu'un visiteur tombe dans les douves !

– Ça va ? D'où arrivez-vous ? s'inquiète un technicien venu à la rencontre de Noah et Daphné.

– Nous étions enfermés dans le château… explique Noah.

– Ah bon ? s'étonne le technicien. En principe, ils vérifient bien avant de tout fermer… Bon, vous n'avez pas croisé le fantôme, au moins ? s'esclaffe-t-il.

Les adolescents jugent préférable de ne pas répondre.

– On va vous rendre ces costumes, dit alors Daphné qui ne compte pas retourner au camping avec sa robe de duchesse sur le dos. On peut juste aller chercher nos sweats avant ?

– Bien sûr ! On a un peu de rangement à faire, on est encore là un moment.

Daphné repère ses parents et court vers eux.

– Tu étais dans le spectacle ! la félicite son petit frère.

– C'était prévu ? questionne son père en fronçant les sourcils.

Tous deux sont couverts de patchs antimoustiques qui leur donnent l'allure de pneus de vélos sur lesquels on aurait collé une collection de rustines.

– Pas vraiment… répond Daphné, évasive, en enlevant sa lourde robe.

De son côté, Noah a rejoint ses grands-parents.

– Eh bien, tu ne rentres pas avec Daphné comme prévu ? s'étonne sa grand-mère.

– Si, si. Juste le temps de me changer, indique Noah en troquant son costume de duc contre un sweat à capuche.

– Je peux essayer ton déguisement ? demande sa petite sœur.

– Une prochaine fois, d'accord ? Là, je dois le rendre. Mais je te promets qu'on viendra faire une autre visite de ce château avant la fin des vacances.

Noah a très envie d'explorer de nouveau Krennamzer, mais en plein jour, sans avoir ni à se soucier de son niveau de batterie de téléphone, ni à craindre de tomber sur une porte fermée.

En attendant, il tient à honorer la suite du programme : regagner le camping avec Daphné en regardant les étoiles. Il a déjà réussi à identifier la Grande ourse et la Petite ourse, qui scintillent nettement. D'habitude, il les appelle « les casseroles ». Mais ce soir, leur forme lui évoque plutôt des roues crantées accrochées à des clés…

– Daphné ! appelle-t-il en souriant.

FIN

Bravo ! Puisque tu es allé(e) jusqu'au bout de cette aventure et de ses exercices, nous te proposons de nous envoyer sur le site www.lenigme.com les indices que tu as reportés page 93 et tu pourras télécharger des surprises. À bientôt pour une nouvelle aventure !

Mémo

Pour t'aider à faire tes exercices

Français Maths Géo Sciences Anglais

Français

1 Les mots variables et invariables

- Les **mots variables** sont les noms (*chat*...), les déterminants (*le, une*...), les verbes (*partir*...), les adjectifs (*petit*...) et les pronoms (*il, elles*...) qui changent de forme selon le genre (féminin et masculin), le nombre (singulier et pluriel) ou le temps, le mode et la personne.

- Les **mots invariables** sont les adverbes (*tôt, très*...), les prépositions (*à, de*...) et les conjonctions (*mais, si*...) qui ne changent jamais d'orthographe.

2 Le futur et le conditionnel

- Pour la plupart des verbes, on forme le **futur** en ajoutant à l'infinitif du verbe les terminaisons ***-ai, -as, -a, -ons, -ez, -ont*** :

  je chanterai, je rougirai, je sortirai.

  Pour certains verbes du 3e groupe et *être* et *avoir*, le radical change :

  je serai, j'aurai, j'irai, je saurai.

  Le futur s'emploie pour énoncer un fait à venir :

  Je partirai demain matin très tôt.

- On forme de la même manière le **présent du conditionnel**, mais avec les terminaisons ***-ais, -ais, -ait, -ions, -iez, -aient*** : *je chanterais, je rougirais, je sortirais, je serais, j'aurais, j'irais, je saurais.*

  Le conditionnel décrit une action soumise à une condition.

  Si le soleil revenait, je sortirais.

3 Les temps composés de l'indicatif

- Il y a quatre temps composés à l'indicatif dont chacun correspond à un temps simple :

Temps simple		**Temps composé**	
présent	*je parle*	passé composé	*j'ai parlé*
imparfait	*je parlais*	plus-que-parfait	*j'avais parlé*
passé simple	*je parlai*	passé antérieur	*j'eus parlé*
futur	*je parlerai*	futur antérieur	*j'aurai parlé*

- Un temps composé est formé de l'auxiliaire *être* ou *avoir* (conjugué au temps simple correspondant) suivi du participe passé.

- Les temps composés ont une **valeur d'antériorité** : l'action qu'ils expriment a lieu avant celle du temps simple correspondant.

4 Comparaisons et métaphores

- La **comparaison** met en relation deux éléments ayant un point commun, à l'aide d'un mot de comparaison (*comme, pareil à, ainsi que*...).
  La terre est bleue comme une orange. (Paul Éluard)

- La **métaphore** met en relation deux éléments ayant un point commun, sans mot de comparaison.
  Leurs yeux étaient des gouttes de rosée.

Mathématiques

5 Fractions et nombres décimaux

Une fraction est un quotient de deux nombres entiers.

2 → Numérateur : nombre de parts dont on parle
8 → Dénominateur : nombre de parts total

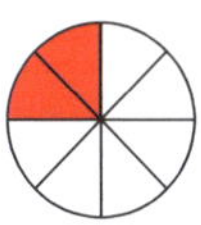

La fraction $\frac{2}{8}$ correspond à la division de 2 par 8 → 0,25.

6 Les nombres relatifs

- Un nombre relatif est constitué d'une **distance à zéro** et d'un **signe** (+ ou –).

- On peut placer des nombres relatifs sur une **droite graduée** :

– 3 est négatif : il a pour distance à zéro « 3 » et pour signe « – ».
+ 2 est positif : il a pour distance à zéro « 2 » et pour signe « + ».

- Le plus grand de deux nombres négatifs est celui qui a la plus petite distance à zéro.
Un nombre négatif est toujours inférieur à un nombre positif.
$-3 < -1 < +2$

7 L'aire d'un disque

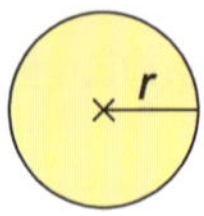

$A = \pi \times r \times r = \pi \times r^2$ ($\pi \approx 3{,}14$)

Si $r = 2$ cm, l'aire du disque est : $\pi \times 2 \times 2 \approx 12{,}6$ cm^2.

8 Axes de symétrie

- Les deux parties d'une figure sont symétriques si elles sont superposables de chaque côté d'un **axe de symétrie**.
- Sur cette figure, les points sont symétriques par rapport à l'axe de symétrie car ils sont à égale distance de cet axe.

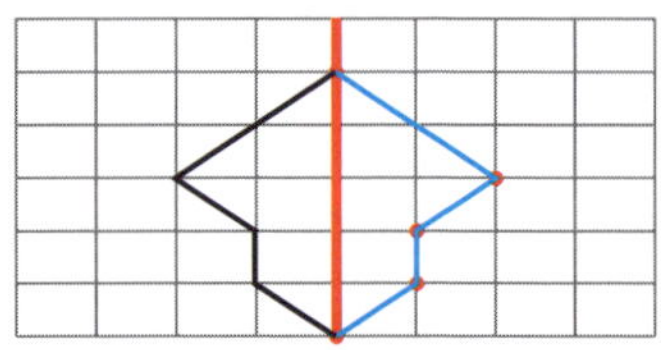

9 Les angles

- Un angle aigu est plus petit qu'un angle droit. 
- Un angle obtus est plus grand qu'un angle droit. 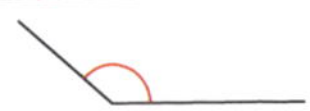
- Un angle droit mesure 90°. 
- Un angle plat mesure 180°. 

10 Convertir des masses

L'unité usuelle de mesure d'une masse est le **kilogramme** (kg).
On peut utiliser un tableau de conversion pour convertir.
1 kg = 1 000 g.

kilogramme	hectogramme	décagramme	gramme	décigramme	centigramme	milligramme
kg	hg	dag	g	dg	cg	mg
1 kg = 1 000 g	1 hg = 100 g	1 dag = 10 g	1 g = 1 g	1 dg = 0,1 g	1 cg = 0,01 g	1 mg = 0,001 g
× 10	× 10	× 10	× 0,1	× 0,1	× 0,1	

Géographie

11 L'eau, une ressource à protéger

- L'eau est une ressource abondante mais peu accessible. L'eau douce ne représente que 2,5 % de l'eau de la Terre, dont 1 % seulement est accessible à l'homme.

- L'eau est mal répartie sur la planète, selon le climat et le relief : certains pays souffrent de la **sècheresse**, d'autres d'**inondations**.

- L'eau disponible est gaspillée : la moitié des prélèvements faits par l'homme disparait soit par **évaporation**, soit à cause d'une mauvaise gestion. Les activités humaines consomment toujours plus d'eau (l'**agriculture** consomme 70 % de l'eau, l'industrie 22 %) et la **polluent** de plus en plus : produits chimiques issus de l'agriculture, rejets industriels dans les rivières, déchets ménagers.

- Une personne sur cinq dans le monde n'a pas accès à l'**eau potable**. Avec la croissance démographique et les progrès de la **désertification**, les disponibilités en eau diminuent.

- La situation des mers et des océans est également préoccupante. Les fleuves y apportent des quantités croissantes de produits chimiques, provoquant la raréfaction voire la disparition de certaines espèces de poissons. La **surpêche** compromet, par ailleurs, le renouvèlement des espèces dans l'avenir.

Sciences

12 Les sources primaires de lumière

Il existe différentes sources de lumière. Par exemple, la lampe produit la lumière qu'elle émet : c'est une source primaire de lumière, comme le soleil ou la flamme d'une bougie. Les sources primaires de lumière sont donc des corps qui produisent la lumière qu'ils émettent. Il peut s'agir de corps ayant une température très élevée comme le soleil, les braises, etc. mais également des corps à température ambiante comme les vers luisants, certains animaux aquatiques, ou bien les écrans de télévision, d'ordinateur ou de téléphone portable.

13 Les aliments

On peut classer les aliments en trois grands groupes :

– les aliments **énergétiques** qui permettent le fonctionnement du corps et l'activité physique : céréales, graisses, charcuterie, tubercules, sucre...

– les aliments **constructeurs** ou **bâtisseurs** qui permettent la croissance et l'entretien du corps : viande, poisson, œufs, laitages...

– les aliments **protecteurs** ou **fonctionnels** pour les organes qui apportent les minéraux, vitamines et fibres : légumes, fruits.

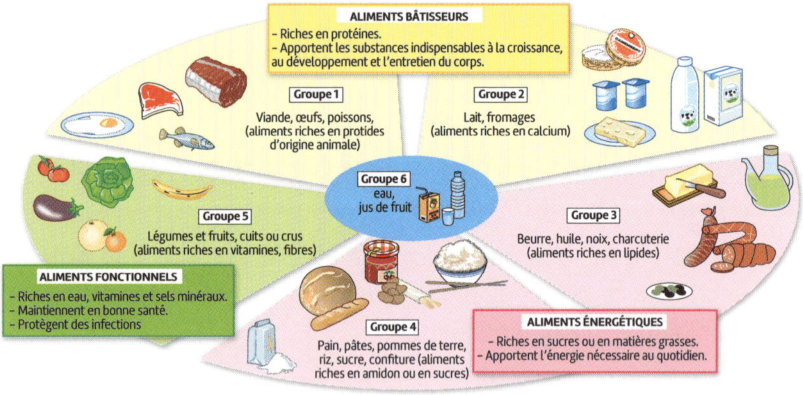

Anglais

14 Les mots interrogatifs

Pour poser des questions, on emploie des mots interrogatifs comme *who, what, when, where, how, why* :

– sur l'identité : ***Who** are you?*

– sur l'âge, la taille : ***How old** are you? **How high** is the house?*

– sur le lieu : ***Where** are you going?*

– sur un objet : ***What** is it?*

– sur une date : ***When** is your birthday?*

– sur l'heure : *At **what time** is the party?*

– sur le prix : ***How much** is the bag?*

– sur la cause : ***Why** are you crying?*

Page-indices

Dans le château de Krennamzer

De la 5e à la 4e

Note ci-dessous les indices que tu as trouvés au cours de ta lecture.

Va vite te connecter sur le site

www.lenigme.com

pour nous envoyer tes indices, et tu pourras télécharger plein de cadeaux !

INDICE 1 ....

INDICE 2 ....

INDICE 3 ....

INDICE 4 ....

Bravo ! ***Tu as trouvé tous les indices !***

Une fois remis dans l'ordre, ces quatre chiffres formeront une date.

☐☐☐☐

Indice : année de démarrage de la rédaction de l'*Histoire des rois de Bretagne* par l'écrivain gallois Geoffroy de Monmouth.

Un doute ? Relis le paragraphe n° 16 du chapitre 3, tu y trouveras de l'aide...

Table des matières

Présentation 2

Un château du Moyen Âge 3

Chapitre 1 Enfermés chez la duchesse

Mathématiques – Fractions et nombres décimaux 8
Mathématiques – Calcul d'aire d'un disque 12
Histoire – Généalogie 16
Français – Les classes de mots 21
Physique-Chimie – Les sources primaires de lumière (indice) 25

Chapitre 2 Trois clés pour une porte

Mathématiques – Axes de symétrie 30
Français – Le futur de l'indicatif et le présent du conditionnel 34
Français – Comparaisons et métaphores 38
Anglais – Les mots interrogatifs 42
Mathématiques – Les angles (indice) 46

Chapitre 3 Le fantôme de Krennamzer

Français – Les noms masculins et féminins 50
Géographie – L'eau sur terre 54
Mathématiques – Logique 58
Mathématiques – Calcul prioritaire et conversion de masse 61
Français – Les temps composés de l'indicatif (indice) 66

Chapitre 4 Si près du but

Français – Vocabulaire 70
Mathématiques – Les nombres relatifs 74
Mathématiques – Logique 78
SVT – L'alimentation (indice) 82

Mémo 87
Page-indices 93

Crédits photographiques : p. 1 : Shutterstock / Viktor Petruk ; p. 3 : BIS / Ph. Coll. Archives Larbor ; p. 4 ht : BIS / Ph. Hubert Josse © Archives Bordas ; p. 4 bas : BIS / Ph. H. Josse © Archives Larbor ; p. 12 : Shutterstock / skvoor ; p. 30 : Shutterstock / antonpix.

Schéma p. 92 : Coredoc.

IMPRIM'VERT

Achevè d'imprimé en Italie par BONA en Mars 2022

Choisis ton univers dans la collection

historique | fantastique | POLICIER | AVENTURE | FRISSON | féerie

du CP au CE1

- Le voleur invisible
- Sophia, princesse de la mer
- Le mystère de la source
- Disparition au pays des poneys
- Panique chez les pandas

du CE1 au CE2

- La peur au bout de la laisse
- Mystère au cirque Alzared
- Attention ! Dauphins en danger
- Pas si désert que ça !
- Menace sur Madagascar
- Pirates en péril !
- Enquête de terrain BD

du CE2 au CM1

- Le labyrinthe des dragons
- Les fantômes de Glamorgan
- La plage du Prince Blanc
- Le phare de la peur
- Montagne explosive !
- Menaces sur la finale de foot
- Planète dinosaures
- Le chevalier sans tête BD

du CM1 au CM2

- Le voleur de papyrus
- Le sortilège des loups-garous
- Parfum de vacances
- La carrière interdite
- Mystère dans le bush australien
- Drôles d'époques ! 7 histoires
- Objectif planète verte BD

du CM2 à la 6e

- Le trésor des Templiers
- Panique à la Pop Academy
- La forêt de l'épouvante
- À la recherche de la cité perdue
- Eaux troubles à Venise
- Drôles de familles ! 7 histoires
- À bord du bateau pirate ESCAPE GAME
- Le cavalier masqué BD

de la 6e à la 5e

- Le secret du Titanic
- Drôle de trafic
- Complot chez les cordons-bleus
- The Refuge in Danger (en anglais)
- Au sommet de la tour Eiffel ESCAPE GAME
- Dans les galeries du Louvre ESCAPE GAME
- Drôles de talents ! 7 histoires
- La pierre des orbelins BD

de la 5e à la 4e

- Operation Blue Lagoon (en anglais)
- Chute mortelle au Mont-Saint-Michel
- The Captain is Missing! (en anglais)
- Le souffle de l'ange
- Dans le château de Krennamzer ESCAPE GAME

de la 4e à la 3e

- Murder in West Park (en anglais)
- The Mark of the Vampire (en anglais)
- The Wizards' Night (en anglais)
- Dans les allées du cimetière ESCAPE GAME

Histoire à podcaster sur le site www.lenigme.com

Retrouve-nous sur le site : www.lenigme.com